Polars niçois

le polar selon la Maison d'édition Baie Des Anges

www.baiedesanges-editions.com

BAIE DES ANGES
MAISON D'EDITION - CÔTE D'AZUR
www.baiedesanges-editions.com

Il est six heures. Il fait encore nuit. Le boulevard de la Madeleine est désert. Robert, le maître moulinier, *lou deficié*, comme on dit à Nice, va commencer sa longue journée de travail. Il ouvre le cadenas qui ferme la grille, traverse le sas et déverrouille la porte d'entrée. Il y a déjà une bonne semaine qu'il nettoie le moulin et rassemble le matériel. Aujourd'hui, c'est le grand jour. Le démarrage de la saison de l'huile est un événement important. Une dernière tournée d'inspection s'impose avant l'arrivée des clients.

Voici les trois pistes en pierre dans lesquelles les grandes meules vont écraser les olives du jour. Il n'a pas oublié de colmater les bondes avec des noyaux concassés. Le bouchon doit résister aux trois heures de trituration des fruits à sec et à l'ajout d'eau tiède, puis d'eau froide. C'est ici qu'il cueillera à la coupelle la *fleur*, ce pur jus d'olive que l'eau aura fait remonter à la surface.

Il inspecte ensuite les deux bassins de décantation qui recevront le contenu des pistes après le ramassage de l'huile. On y récupère la pulpe d'olive, qui surnage, puis on évacue l'eau et les noyaux écrasés, appelés *grignon*. Ici encore, il faut contrôler soigneusement l'étanchéité des vannes. Si elles sont mal fermées, tout partira directement dans l'égout et on perdra une partie de la production.

Retour au fond de la salle. Les *scourtins*, lavés et séchés, sont bien là, à côté de la presse. Ces paniers ronds, remplis de la pulpe récupérée dans les bassins, seront empilés sous des poids en bois. L'énorme vis en extraira ce qui reste du précieux nectar, la *deuxième huile*.

Tout est propre, le matériel est en place, prêt à reprendre du service. *Lou deficié* fait l'inventaire des caisses apportées le soir précédent par les clients. Les olives sont petites, mais lisses et luisantes. Pas de piqûres de mouche et le froid qui ride les fruits n'est pas encore arrivé. Il les pèse pour planifier leur répartition dans les trois pistes en fonction des quantités. Ici, chaque propriétaire peut assister à la trituration de ses olives et repart avec son huile. Ce moulin est l'un des derniers de la région à produire de l'huile à l'ancienne, selon la méthode génoise, dans le respect des clients et des terroirs.

Six heures et demie. Il est temps de vider les caisses dans les pistes pour pouvoir mettre les meules en marche à sept heures. Plus tôt, le bruit de la machinerie dérangerait les voisins. Ce quartier de la Madeleine, autrefois entièrement voué à l'activité des huileries et des blanchisseries, devient de plus en plus résidentiel.

Il reste cinq minutes pour inspecter le dernier tronçon du circuit d'évacuation, à la sortie des bassins. L'homme ouvre la petite porte qui mène à ce qu'on appelle l'*enfer*, lieu caverneux où se déroule la partie obscure du travail, quand on a fini de recueillir le prestigieux or liquide. Des machines, moins nobles que les beaux rouages de la grande salle, sont logées dans des fosses exiguës et noires : le tourniquet, qui brasse le mélange grumeleux issu des bassins, et la chaîne à grignon, qui égoutte les noyaux broyés et les évacue à l'extérieur.

Ultime préparatif, le moulinier s'enfonce tout au fond de l'*enfer*, dans la salle reculée où autrefois on fabriquait le savon, pour y récupérer les grands bidons bleus dans lesquels il entreposera l'huile du jour.

Mais en ce mardi 5 octobre 2021, les clients devront attendre longtemps leur trésor ambré. Là, dans la cuve à savon désaffectée, gît le corps d'un homme vêtu de noir, allongé à plat ventre, totalement immobile. Sept heures cinq : fin de la journée de travail du *deficié*.

Première partie

Six mois plus tôt

Clara éteint son téléphone. À quoi bon le laisser en marche ? À part sa mère, pour lui donner des courses à faire, personne ne l'appelle, personne ne lui envoie de message. Le sale engin lui fait horreur. Elle sait bien pourtant qu'elle va le rallumer dans quelques instants, avant même d'être arrivée chez elle. Elle ne peut pas s'empêcher d'éplucher les échanges des autres : *la grosse, la moche, la pute...*

Elle sait de qui il s'agit. Ils ne disent jamais son nom. Ils ne sont pas si bêtes, ils savent ce que peut coûter une plainte pour harcèlement sur les réseaux sociaux. Alors ils se contentent de ces mots-là : *la grosse, la moche, la pute...* C'est suffisant pour que les gens de sa classe la reconnaissent. Tout ce petit monde s'amuse à ses dépens. Mais ce qui la blesse profondément, c'est de savoir que ces mots sont écrits pour qu'elle les lise, pour lui faire mal. Elle a beau avoir l'habitude, depuis qu'elle est au collège Ségurane et que ces surnoms fusent sur son passage, ils la font toujours autant souffrir. *La grosse, la moche, la pute...*

Il est dix-sept heures et elle arrive en bas de son immeuble, au 23 rue de la Préfecture. Certains penseront qu'elle a de la chance d'habiter dans le vieux Nice, en face du palais de Justice, au cœur de ce quartier si animé, mais Clara n'en profite pas. Elle préfère ne pas sortir dans le coin. Ceux du collège traînent au cours Saleya ou sur la place Rossetti et elle ne veut pas les croiser. Et puis elle n'a jamais le temps.

Elle sait ce qu'elle aura à faire en arrivant : prendre le courrier dans la boîte aux lettres, monter à toute vitesse chez elle, au quatrième, voir si tout va bien pour sa grand-mère, faire ses devoirs, préparer quelque chose pour le repas du soir et faire manger la malade, en attendant que sa mère rentre enfin de Carrefour TNL où elle travaille comme caissière.

Clara s'attarde auprès de la vieille dame. Elle lui raconte sa journée, en l'enjolivant autant que possible, pas la peine de l'inquiéter. Il y a longtemps qu'elle ne répond plus. Sa mère prétend qu'elle ne comprend pas ce qu'on lui dit. Mais Clara s'obstine. Et si elle entendait quand même ? Et si c'était seulement parce qu'elle ne pouvait plus parler qu'elle ne répond jamais ? Elle ne bouge plus de son fauteuil. Elle ne sourit même plus. Son regard est comme perdu dans le vide. Clara la fait boire, aère la pièce. Sa mère, après sa journée de travail, aura à charge de lui faire sa toilette, de changer son linge. À quatorze ans, Clara n'en a pas la force.

À vingt-deux heures trente, tout est presque en ordre dans l'appartement. La mère va se coucher. Clara aussi va dans sa chambre, ouvre les rideaux. La fenêtre donne sur un mur qui barre la vue à deux mètres. Chaque fois elle ressent comme un choc, comme si ce mur la repoussait violemment à l'intérieur de la pièce, chassant toute velléité d'apercevoir un morceau de ciel. Elle s'allonge sur son lit et rallume le téléphone. Jusqu'à quelle heure va-t-elle consulter ces dizaines de messages qui ne lui sont pas adressés mais qui lui sont quand même destinés ? *La grosse, la moche, la pute*, mise en scène dans des aventures sordides et niaises sorties de l'imagination misérable de ses camarades de classe...

Demain sera comme aujourd'hui. Un jour sans fin, sans événement, sans espoir. Un jour raide et rebutant comme le mur devant la fenêtre. Clara a souvent pensé à en finir mais qui s'occuperait de sa grand-mère ? N'empêche qu'elle en rêve parfois. Elle imagine son propre corps disloqué en contrebas, dans la cour étroite qui la sépare du grand mur vide. Elle entend les cris d'horreur des voisins. Il faudrait au moins ça pour qu'elle existe à leurs yeux. Quand elle croise quelqu'un dans l'escalier, elle a l'impression d'être transparente. Elle dit bonjour mais on ne lui répond pas. Ce soir, l'image de sa grand-mère abandonnée ne suffira pas à la retenir. Le dernier message qu'elle a intercepté est trop violent. Elle jette le téléphone sous son lit, va à la fenêtre, se penche pour regarder en bas. Ce soir, elle va sauter.

Quelques notes de musique retardent son geste. C'est le violoniste du cinquième qui fait ses exercices. Le bonhomme lui fait un peu peur mais elle aime bien l'entendre travailler. Sa musique, on dirait des dentelles de son. Seulement, ce soir, elle n'a pas la tête à écouter. Elle grimpe sur le rebord.

- Clara ? Tu dors ? Je peux entrer ?

Pas sous les yeux de sa mère ! Clara abandonne. Elle fera ça plus tard.

- Oui, entre, Maman..

- Tu as monté le courrier mais tu n'as pas vu qu'il y avait une lettre pour toi. Tiens ! Bonne nuit, ma chérie.

Clara ne regarde jamais le courrier. Elle le pose directement sur la petite table de l'entrée. Il n'y a jamais rien pour elle. Pourtant, sur cette enveloppe, c'est bien son nom qui est écrit à l'encre violette : Clara Portal. Elle ouvre, déplie la feuille blanche. Une seule ligne :

Le diable t'attend au fond de l'enfer.

***

Quand il est devenu évident que sa sœur Nathalie était enceinte, d'on ne savait trop qui, Joël s'est décidé. Ils ne pourraient pas vivre à trois dans ce minuscule studio à la campagne. Il fallait trouver plus grand et mieux situé. Cet immeuble du 23 de la rue de la Préfecture, au centre de Nice, était un bon choix. Au premier, trois pièces assez vastes, à retaper. Joël se chargerait lui-même des travaux. Il avait beaucoup d'idées et n'avait pas peur du travail. Restaurer des habitats anciens lui plaisait. Son emploi comme maçon dans l'entreprise de BTP Pirelli ne lui permettait pas de mettre ses dons artistiques en valeur. Le patron demandait seulement de faire le minimum requis pour la somme négociée avec le maître d'œuvre. Hors de question d'en rajouter pour l'esthétique.

Il ne s'entendait guère avec ses collègues, qui ne parlaient que de foot ou de filles. Son dada à lui, c'était l'art. L'architecture, la décoration murale. Il aurait aimé vivre à la Renaissance, être l'élève d'un grand maître florentin, couvrir les murs de fresques. Son boulot ne lui plaisait pas mais il les faisait vivre, lui, sa sœur et bientôt le bébé.

Tout irait mieux dès que le petit serait en âge d'aller à la crèche et qu'ils auraient emménagé dans le vieux Nice. Il avait réussi à trouver un job pour Nathalie dans une charcuterie de la rue Pairolière et lui pourrait aller travailler à vélo. Un salaire de plus, et des frais réduits. Cet appartement apporterait un changement salutaire dans leur vie. Joël aurait sa pièce à lui pour y entasser tout son fourbi de peinture et de cartons. Il pourrait peindre, faire des maquettes. Il ferait de cette pièce son bureau et un jour il créerait sa propre entreprise. De la rénovation de monuments. Il y avait de quoi faire dans le vieux Nice...

Mais ils sont installés depuis deux ans maintenant et Joël se contente de rêver. Il n'est pas assez sûr de lui pour passer à l'action. Il lui faudrait faire des démarches, embaucher des ouvriers... C'est au-dessus de ses forces. Quant à Nathalie, elle a déjà changé deux fois d'emploi depuis la charcuterie et Joël n'est pas certain qu'elle conservera longtemps le dernier en date, vendeuse dans un magasin de fringues de la rue de la République. L'arrivée du petit Tobias n'a pas changé le caractère de sa sœur. Elle est instable, préfère s'amuser, et le soir Joël garde son neveu plus souvent qu'à son tour.

Dès qu'il a un peu de temps pour respirer, il enfile une veste en toile d'un bleu incertain, met un chapeau feutre bossué pour couvrir sa calvitie naissante et, déguisé en peintre maudit, arpente les rues de Nice, poussant les portes des plus beaux immeubles et des petites chapelles à la recherche d'un escalier en spirale ou d'une fresque qu'il pourrait rêver de remettre en état. On le croise dans toutes les églises de la vieille ville et tout le monde sait dans le quartier que l'homme au chapeau avachi n'y vient pas pour prier...

Quelle n'est pas sa surprise en trouvant ce matin-là dans sa boîte aux lettres une grande enveloppe à son nom qui ne contient qu'une feuille avec ce message énigmatique :

Rénover le Lazaret de Villefranche-sur-Mer, la chapelle de la pointe Saint-Hospice à Saint-Jean-Cap-Ferrat, construire une stèle sur l'îlot de Saint-Ferréol, ou décorer un tombeau dans le cimetière de Gênes, voire de Parme, tu n'as qu'à choisir. Je t'offre ton rêve, en échange de ton âme.

❊❊❊

Aujourd'hui, c'est samedi. Marie-Pierre n'a pas grand-chose à faire. Quelques courses pour ne pas mourir de faim ce week-end. Mais elle ne sait vraiment pas quoi manger. Ah, si elle avait les moyens d'aller dans un bon restaurant tous les jours, ce serait le rêve ! Elle n'aurait qu'à choisir ce qu'elle aime sur une carte : une andouillette bien grasse, un ris de veau aux morilles, des rognons sauce madère... Bien sûr, elle pourrait cuisiner elle-même l'un de ces abats, ce n'est pas si difficile à faire, des rognons. Et si elle se préparait plutôt un petit pot au feu avec un os à moelle ? L'ennui c'est qu'il faut beaucoup de légumes et elle n'aime pas trop. Et puis ce genre de plat convient pour une famille, pas pour une personne seule. Après il faut en manger pendant huit jours et les restes finissent à la poubelle.

Le week-end dernier, elle a fait une folie, elle s'est fait livrer un repas par le Millésime, un restaurant raffiné de la rue Smolett. En entrée, un velouté de châtaignes fumées, cappuccino de cèpes et poudre de noisettes, en plat principal un risotto crémeux à la truffe fraîche de saison et son petit jus corsé. Pour finir, une glace Brie de Meaux à la truffe, tuile de jambon serrano, poudre de spéculoos et réduction de balsamique à la feuille d'or. Quand le livreur est arrivé, elle l'attendait dans le hall de l'immeuble, pour lui éviter de monter les trois étages à pied et parce qu'elle avait un peu honte du désordre qui régnait chez elle. Dès qu'il est entré, l'odeur envoûtante de la truffe a envahi l'atmosphère, au point que le voisin du cinquième qui passait s'est arrêté, interloqué. Elle s'est crue obligée de lui donner des explications. Il a souri mais il n'a pas répondu. Maigre comme il est, celui-là, il ne doit pas être trop gastronome.

Elle ne va pas pouvoir commander au Millésime tous les week-ends, hélas. Trop cher. Alors voilà, c'est décidé, elle va se mettre aux fourneaux. Pourquoi ne pas s'intéresser à la cuisine niçoise ? À elle les pissaladières, les poches de veau farcies et les tourtes de blettes. Et elle va acheter un petit congélateur, où elle pourra conserver une deuxième portion de toutes ses préparations pour s'en régaler plus tard...

C'est difficile d'échapper à ces draps douillets, de s'habiller, de choisir des vêtements adaptés au week-end, pas cet uniforme chemisier-pantalon qu'elle porte pour travailler à la banque. C'est suffisant pour remplir toute la journée des colonnes de chiffres dans un minuscule bureau de la BNP, mais quelle tristesse ! Elle n'a même pas une jolie robe. Rien d'extraordinaire, juste une robe pour avoir l'air d'une femme et pas de cet être asexué que ses parents ont fabriqué pour remplacer le fils qu'elle n'était pas. C'est pour la même raison qu'ils l'ont affublée de ce prénom ambigu qu'elle déteste, Marie-Pierre. Pourtant, elle n'avait eu aucun des privilèges dont ce frère aurait joui. Pas de copains, une fille ne jouait pas dans la rue. Pas d'études abstraites, c'était pour les garçons. Résultat : un boulot de gratte-papier sans intérêt...

Quelle paresse ! Il ne pleut plus. De son lit, elle voit un peu de ciel bleu. Et il faudrait pour autant qu'elle se mette debout, qu'elle prenne une douche ? Il fait trop froid. On est en avril et ils sont coupé le chauffage dans l'immeuble. Elle la prendra avant de sortir, vers onze heures, ce sera bien assez tôt. L'avantage, quand on vit dans le vieux Nice, c'est qu'on peut trouver tout ce dont on a besoin à proximité. Depuis cinq ans qu'elle habite au 23 rue de la Préfecture, Marie-Pierre n'utilise plus sa voiture.

Il est midi quand elle sort de son appartement avec, comme première intention, le magasin Darty où elle compte choisir le congélateur. Elle s'apprête à ouvrir la porte de l'immeuble quand son regard est attiré par sa boîte aux lettres. Une grosse enveloppe blanche dépasse de la fente, de biais, comme jetée là par hasard. Mais c'est bien son nom qui y figure. Une graphie à l'ancienne, à l'encre violette. Intriguée, elle l'ouvre. Dedans, une feuille blanche remplie de la même écriture. Marie-Pierre commence à lire :

Peccato di golosità da dannarsi : per una libbra e mezza di farina due libbre di buon manzo magro per fare il suco...

Il y en a toute une page. On dirait de l'italien. Marie-Pierre ne comprend pas un traître mot de cette langue. Son père était alsacien et sa mère lorraine, à l'école ils lui ont fait étudier l'allemand et plus tard l'anglais. Cette lettre ne lui est sûrement pas destinée. À la poste, ils se trompent tout le temps. Ce qui est bizarre, c'est qu'il y a bien son nom sur l'enveloppe... Ou alors c'est une pub, mais ce n'est pas une photocopie. La lettre est écrite à la main.

Marie-Pierre ouvre la porte du réduit à ordures et jette la lettre dans la poubelle du tri. Elle a autre chose à faire de son samedi qu'à s'interroger sur un courrier indésirable. Acheter ce fameux congélateur et aussi un livre de recettes niçoises, celui de la mère Barale par exemple, qu'elle a vu à la papeterie Rontani. Premiers pas vers une autre vie, avec elle-même derrière les fourneaux, cuisinant pour elle-même, les pieds sous la table...

***

Alban s'extrait de son trente mètres carrés sous les toits aussi vite que sa grande carcasse le lui permet. Il va encore arriver en retard à la répétition. Il n'habite pas loin de l'Opéra. Cinq minutes à pied, à tout casser. Malheureusement, l'Orchestre Philharmonique n'y répète que pour les générales. L'essentiel du travail se fait à la Diacosmie, de l'autre côté de la ville. Il lui est de plus en plus difficile d'arriver à l'heure. Un manque de motivation, sans doute. Pourtant, ils préparent en ce moment ce *Concerto pour violon et orchestre* de Beethoven qu'il adorait autrefois, au temps où il rêvait encore de se produire comme soliste, accompagné par une centaine de musiciens et ovationné par un public enthousiaste. Aujourd'hui, rivé à son pupitre niçois, au dernier rang des seconds violons, la musique ne lui semble plus qu'une routine. Beaucoup d'artistes aimeraient être à sa place, sans doute : un emploi stable, correctement rémunéré, presque un poste de fonctionnaire. Mais ce n'est pas ce dont il rêvait et, à cinquante-cinq ans, il ne peut plus espérer mieux.

Il traverse le palier du troisième au moment où Gérard sort de chez lui. Alban ne connaît pas très bien ce voisin âgé mais il est le seul avec lequel il discute de temps en temps. Le violoniste n'aime guère fréquenter les autres. Ce n'est pas par misanthropie mais il a toujours été complexé par son élocution difficile. Il préfère éviter les conversations. L'avantage avec Gérard, c'est qu'il parle beaucoup, on n'est pas obligé de lui répondre.

Alban habitait déjà au 23 rue de la Préfecture quand l'épouse du vieil homme est décédée. Il lui a paru naturel, en tant que voisin, de faire acte de présence aux obsèques. C'était à l'église du Gesù, pas loin de chez eux, dans le vieux Nice. Le veuf a semblé touché de le voir. Aucun des autres habitants de l'immeuble n'avait jugé bon de se déplacer. Les seules personnes présentes étaient sa fille, revenue en hâte d'Australie où elle avait suivi un moniteur de surf dont elle était tombée amoureuse, et son fils, arrivé le matin même de Dubaï où il menait une brillante carrière dans le droit international. Alban a appris cela sur le parvis de l'église, en attendant l'arrivée du convoi funèbre. Un sacristain qu'il connaît un peu parce qu'il a donné des cours de violon à son fils le lui a expliqué. Le frère et la sœur sont repartis peu après l'enterrement de leur mère et depuis on ne les a jamais revus dans l'immeuble. Gérard vit seul, comme lui, mais il est à la retraite depuis longtemps. Il n'a plus personne à qui parler. Alors Alban s'efforce de lui faire parfois un brin de causette.

Malgré son retard, il n'a pas le cœur aujourd'hui d'écourter la conversation. Ce sera sans doute le seul échange qu'aura Gérard de toute la journée. Sachant qu'il est violoniste, l'homme lui parle toujours de son dada, les chansons du siècle dernier. Alban n'y connaît rien, à la chansonnette, mais il l'écoute. Ou il fait semblant.

Les deux hommes descendent ensemble les trois étages. Sans cesser de parler, Gérard s'arrête à la boîte aux lettres, alors Alban fait de même, pour lui tenir compagnie deux minutes encore. Il en profite pour prendre son courrier, lui aussi. Une grande enveloppe blanche lui échappe et tombe par terre. Elle est calligraphiée à l'encre violette.

- On dirait que la même personne nous écrit, dit Gérard, exhibant une enveloppe semblable. Encore une pub, sans doute, mais les adresses sont écrites à la main. Et même à la plume. Je reconnais les pleins et les déliés de mon enfance.

Il a l'air tout émoustillé. Il faut croire qu'il a gardé de bons souvenirs de son apprentissage de l'écriture. Il décachette son enveloppe, en tire une feuille pliée en quatre. Il lit et la tend à Alban.

- Qu'est que c'est que ça, à votre avis ?

Deux lignes écrites de la même encre violette : *Arthur fut chargé de se débarrasser de ce cadavre moche, mais il a rappliqué en murmurant : ça cloche, j'sais pas où il est passé...*

- C'est une blague ? Il y a quoi dans la vôtre, de lettre ?

Alban se dit que cette fois, il va carrément manquer la répétition. Pas grave. Il se fera porter pâle. Sa santé est assez fragile pour que son médecin accepte de temps en temps de lui faire un certificat d'arrêt de travail. Il tourne encore une fois entre ses longs doigts l'enveloppe blanche écrite à l'encre violette. Il montre le cachet de la poste à Gérard.

- Cette lettre a été envoyée de la poste Thiers. Et la vôtre?

- Oui, la mienne aussi.

Alban ouvre l'enveloppe, en sort une feuille qu'il lit et tend à son voisin.

- Tenez. Aucun rapport avec un cadavre disparu, quoique...

Gérard lit à haute voix.

- *Votre rendez-vous à l'hôpital de la Timone auprès du service de génétique a été reporté. Prenez garde !* Vous deviez voir un spécialiste à Marseille ?

- Pas du tout. Je ne consulte que mon généraliste et son cabinet est à deux pas d'ici, rue du Malonat. Je ne comprends pas. C'est sûrement une erreur de destinataire.

- Deux erreurs alors ! Parce que moi, je ne connais aucun Arthur, et je ne fréquente personne qui cache des cadavres, je vous jure ! Ce message est absurde. Et dans le vôtre, ce *prenez garde* est étrange. Ce n'est pas un langage de secrétariat hospitalier. Moi, à votre place, j'appellerais la Timone pour savoir si cet avis vient vraiment de chez eux.

***

C'est l'heure de partir pour le collège.

Clara n'est ni grosse, ni moche. Elle ne vend pas ses charmes non plus. Elle est seulement différente. Toutes les filles de son âge arborent des cheveux longs et raides et s'affublent de jeans troués et sweats bariolés, selon la mode du moment. Elle, elle s'est presque rasé le crâne et elle s'habille en noir. Son idole, c'est Lisbeth Salander, l'héroïne de *Millénium* de Stieg Larsson. Clara a dévoré les mille neuf cents pages de la trilogie policière suédoise avec passion et elle s'est identifiée à cette enquêtrice hors normes qui, comme elle, est en décalage avec la société et s'en sent exclue.

Bien sûr, elle n'a pas les compétences en mathématiques et en informatique de son modèle de papier, ni sa résistance physique surhumaine. Elle ne peut pas non plus porter de piercings ni se faire tatouer la peau. Sa grand-mère serait choquée, même si elle ne peut plus le montrer. Et puis c'est trop cher. Sa mère ne roule pas sur l'or et ne peut pas lui donner d'argent de poche. Pour se rapprocher le plus possible de sa sœur d'élection, Clara ne peut que fouiner dans les friperies pour essayer de copier son style vestimentaire, ce *gothique* qui n'est plus à la mode et que les autres du collège, ces incultes, ne connaissent même pas.

Parce que c'est ça, surtout, qu'ils ne supportent pas : son indifférence totale à ce qui les intéresse, eux, leur musique, leurs influenceurs favoris, leurs jeux vidéo. Ils ne comprennent pas sa boulimie de lecture, sa passion pour les romantiques finissants, les décadents, les symbolistes. Elle a lu Lewis, Bram Stoker, Huysmans, Baudelaire, Oscar Wilde, Edgar Poe... Et puis les polars, bien sûr, tous les polars nordiques qu'elle a pu trouver à la bibliothèque Louis-Nucéra. Elle passe toutes ses vacances à bouquiner. Les récréations aussi, et même les cours, parfois, quand elle s'ennuie trop.

Le diable t'attend au fond de l'enfer... La phrase peut paraître glaçante, mais Clara n'est nullement effrayée. Elle sait parfaitement que ce message ne vient pas de ses bourreaux habituels. L'allusion au diable ne lui a pas été adressée par hasard. Le mystérieux correspondant connaît le goût des *gothiques* pour le fantastique et ça, c'est bien au-delà des compétences de ceux du collège. D'ailleurs, quand ils voient un papier et un stylo, ils partent en courant et ils ne savent même pas ce que c'est qu'un timbre. Alors écrire une lettre, il y a peu de chances que l'idée leur ait traversé l'esprit.

Clara sourit. Il est bien sûr invraisemblable qu'on puisse s'intéresser à elle, n'empêche que c'est bien son nom que porte l'enveloppe. L'auteur du billet a remarqué sa tenue vestimentaire et cherche à lui plaire, ou du moins à l'intriguer, par cette allusion au diable. Bizarrement, l'idée de se jeter par la fenêtre s'est envolée.

- Clara, je file. Tu passes voir ta grand-mère ? Et n'oublie pas de descendre la poubelle en partant. Au revoir, ma chérie.

Clara accomplit sa tâche, qui lui paraît plus légère ce matin. Elle va embrasser sa grand-mère, prend ses affaires de classe et descend le sac à ordures en pensant à autre chose. Elle s'assure par habitude que les voisins n'ont pas jeté n'importe quoi dans la poubelle jaune du tri, prête à réparer leurs erreurs, avec une pensée pour la militante écologiste Greta Thunberg, une autre fille qui lui plaît bien.

Mais pour une fois il n'y a rien de spécial dans le conteneur jaune, à part cette enveloppe ouverte qui lui saute aux yeux. Le nom et l'adresse, écrits à l'encre violette, sont ceux de la voisine du second, Marie-Pierre Klein. Juste à côté, une feuille dépliée, couverte de cette même écriture à l'ancienne. Une tartine ! Rien à voir avec son unique ligne à elle. Quelqu'un d'autre dans l'immeuble a reçu de l'inconnu une lettre, et bien plus longue que la sienne À la fois intriguée et vaguement déçue, Clara se penche pour mieux voir le texte. On dirait de l'italien. Ça ressemble à une recette de cuisine...

Lisbeth aurait déjà certainement élaboré une théorie, mais Clara n'a pas le temps de réfléchir, elle ne veut pas arriver en retard au cours de français. La curiosité prend le pas sur la déception, elle récupère la feuille et l'enveloppe au fond de la poubelle du tri et les range dans la poche extérieure de son sac où elle a déjà mis sa propre lettre. Elle essaiera d'éclaircir ce mystère plus tard.

Quelques garçons de son âge se moquent d'elle quand elle passe place Rossetti mais cette fois elle n'en a cure. Elle leur fait un grand sourire, suivi d'une épouvantable grimace.

❊❊❊

Gérard guette la cage d'escalier depuis quelques jours. Il veut parler à Alban Mazzoli, le musicien du cinquième, sans oser aller frapper chez lui. Sa timidité a toujours été un handicap, mais elle s'est aggravée depuis que sa femme est décédée. L'âge n'arrange rien. Il se replie sur lui-même, il va de moins en moins vers les gens et il s'en veut.

Avec le violoniste, c'est différent. Il le trouve discret, différent de ces hommes pleins de forfanterie qu'il déteste. Il a compris que le musicien était gêné par son problème d'élocution et il s'efforce de garder la parole le plus possible quand ils sont ensemble, pour lui enlever le souci de faire la conversation. Mais de là à aller frapper chez lui...

L'idéal serait de le croiser dans l'escalier. Il pourrait lui dire ce qu'il a en tête. Seulement, il a beau surveiller, le violoniste n'apparaît pas. Il y a quelques jours du reste qu'il ne l'entend plus répéter par la courette intérieure.

Il n'a plus vu non plus à sa fenêtre l'adolescente plutôt étrange du quatrième. L'autre soir, il l'a aperçue debout sur le chambranle dans une posture bien dangereuse. Il a failli crier mais il a eu peur de la surprendre et de la faire tomber. Avait-il de telles conduites à risques quand il était jeune ? Aucun souvenir. Peut-être devrait-il en parler à la mère de la jeune fille ? Non, il risquerait de passer encore pour un vieux gâteux. Il est trop âgé maintenant pour se mêler des affaires des autres. Son avis n'intéresse plus personne. Sauf peut-être ce violoniste.

Quand il entend enfin le pas caractéristique de son voisin qui arrive au niveau de son palier, Gérard se précipite.

- Monsieur Mazzoli. Je suis heureux de vous voir. Il y a plusieurs jours que j'espère vous rencontrer.

- Bonjour monsieur Vogade. En effet, je suis parti en tournée avec l'orchestre et j'ai été absent quelque temps. Vous vouliez me parler ?

- Oui. J'ai réfléchi au sujet des messages étranges que nous avons reçus vous et moi. Est-ce que vous avez appelé l'hôpital de la Timone ?

- Absolument. Vous aviez raison. La lettre ne vient pas de chez eux. Il doit s'agir d'une erreur.

- Je n'en suis plus si sûr. Il m'est venu une autre idée.

- Dites. Je vous écoute.

Mais la cage d'escalier ne se prête guère aux conciliabules, ce matin. Un employé d'Enedis passe pour changer les compteurs. Il se fait insulter par le sieur Rufus, un beauf qui habite sur le même palier. Gérard ne comprend pas ces gens qui font des histoires pour tout. On change les compteurs ? Et alors ?

Le plus ennuyeux, c'est que converser est impossible dans ce vacarme. Il ose proposer à Alban de venir boire un café chez lui. Le musicien accepte. Gérard s'affaire maladroitement dans sa cuisine. Où est passé le sucre ? Il y a longtemps qu'un étranger n'est pas entré ici. Ils parlent un peu musique et le retraité se détend. Enfin, il en vient au sujet.

- Ce que je voulais vous dire à propos des lettres, c'est que je trouve étrange que nous en ayons reçu une, vous et moi. Pourquoi nous ?

- Peut-être parce que nous nous connaissons un peu.

- Nous ne nous parlons que dans les parties communes de l'immeuble, très rarement dans la rue.

L'auteur des lettres ne doit pas habiter loin s'il nous a vus ensemble. Pour approfondir la question, je crois qu'il faudrait s'en poser une autre : sommes-nous les seuls ?

- Vous pensez que d'autres personnes du quartier auraient pu recevoir aussi des messages incompréhensibles ?

- Plutôt ici, au 23. Nous devrions demander aux gens de l'immeuble.

- Vous en avez déjà parlé à quelqu'un ?

- À vrai dire, je ne suis pas très liant. Et vous ?

- Moi non plus.

- J'ai peur de passer pour un vieux fou si je sonne chez un voisin pour lui parler de ça. Si nous y allions ensemble, ça paraîtrait moins suspect. On pourrait commencer par demander au maçon du premier, vous savez, l'homme au chapeau mou. Sa femme est un peu dévergondée, mais lui, je le vois souvent à l'église. Je pense qu'il est d'un abord plus facile que les autres.

- Je n'ai pas le temps dans la semaine, on a beaucoup de répétitions. Si vous voulez, on y va dimanche. On aura plus de chances de le trouver chez lui.

***

Clara a lu la lettre destinée à Marie-Pierre Klein. Elle lit assez bien l'italien, qu'elle étudie depuis trois ans au collège. Mais elle n'a pas tout compris dans le message. Certains mots ne lui paraissent pas courants, un peu anciens peut-être, ou régionaux. Elle est sûre pourtant qu'il s'agit bien d'une recette de cuisine. Il n'y avait rien d'autre. Pas d'explication, à part cette allusion à un péché de gourmandise, pas de signature. Ce qui l'étonne, c'est que la voisine du second ait jeté la lettre. Une recette de cuisine peut toujours servir. Ce n'est pas aussi menaçant qu'un rendez-vous en enfer, s'amuse Clara.

Elle hésite toute la semaine. Finalement, le samedi, elle se décide. Elle attend dix-neuf heures pour être sûre que madame Klein sera chez elle. Cette voisine n'est pas plus polie que les autres quand elle la salue dans l'escalier, mais cette fois il faudra bien qu'elle lui réponde. Elle va sonner à sa porte, avec la lettre à la main.

- Bonjour. Pardon de vous déranger. L'autre jour, j'ai trouvé une enveloppe avec votre nom, par terre, dans le local des poubelles. Alors j'ai pensé que vous l'aviez peut-être laissée tomber.

- Ah ça ? Non, je l'ai jetée. C'est sûrement une erreur. La lettre est en italien et je n'y connais rien. Je ne vois pas qui pourrait m'écrire dans cette langue.

- Moi je comprends un peu. Ce que vous avez reçu, c'est une recette de cuisine.

Clara rougit. Elle a parlé trop vite. Comment va-t-elle expliquer à la voisine qu'elle a lu son courrier ? Mais l'autre n'a pas l'air offusquée. Plutôt surprise et même intéressée.

- Une recette de cuisine, vous dites ?

Elle lui prend l'enveloppe des mains, en sort la lettre, la tourne dans tous les sens et la lui rend en souriant.

- Vous sauriez me la traduire ? C'est une recette de quoi ?

- D'après ce que j'ai compris, ce sont des pâtes farcies avec une sauce à la viande et à la tomate.

- Mmm, ça donne envie !

- Vous aviez demandé à ce qu'on vous envoie une recette ?

- Non, jamais.

- Vous êtes abonnée à une revue de cuisine ?

- Absolument pas.

- Mais, excusez-moi, vous vous intéressez quand même à la bouffe, on dirait, puisque vous voulez que je vous traduise la lettre.

Marie-Pierre rougit un peu à son tour.

- Oui. Je ne cuisine pas beaucoup. En fait à part pour réchauffer des plats tout prêts, je ne me suis pas encore mise aux fourneaux, mais j'ai l'intention d'essayer. J'aime bien manger, j'avoue.

- Si je résume, sans que vous ayez rien demandé à personne, quelqu'un vous envoie un truc qui vous intéresse. C'est ça ?

- On dirait, oui.

- Ben moi aussi.

Clara a un peu de mal à expliquer à cette inconnue en quoi le diable est en relation avec ses centres d'intérêt. Elle simplifie.

- J'aime le fantastique, vous voyez. Alors on dirait

que ce mec cherche à m'appâter en me parlant du diable.

Marie-Pierre trouve que Clara prend un air gourmand en prononçant le mot *diable*. Un peu comme elle quand quelqu'un évoque une petite soupe de poissons de la baie des Anges à la rouille, ou des pieds-paquets à la marseillaise. Elle pense comprendre sa jeune voisine.

- Ça a marché, on dirait.

- Quoi donc ?

- Vous êtes appâtée.

- Oui. Pas vous ?

- Si... Pourquoi dites-vous ce *mec* ?

- Vous avez raison. C'est peut-être une femme.

- Alors maintenant, qu'est-ce qu'on fait ?

- Vous avez une idée ?

- Je veux bien essayer de réaliser la recette, quand vous me l'aurez traduite.

- Si vous voulez, mais je pensais à autre chose. Je voudrais savoir qui nous écrit. Pas vous ?

- Bien sûr que oui. Mais comment faire ?

- Pour trouver qui c'est, il faut savoir pourquoi il nous a choisies. Ce n'est pas par hasard. Il faudrait comprendre ce qui nous lie, vous et moi. Vous aimez lire, vous ?

- Pas trop. Je suis plutôt portée sur les maths.

- Qu'est-ce que vous faites comme métier ?

- Je suis employée dans une banque.

- Nous n'avons pas le même âge, nous ne nous ressemblons pas, ni physiquement, ni par nos habits.

Vous ne lisez pas, je déteste les maths et je n'ai rien à voir avec les banques, je n'ai même pas un compte jeune. Pour l'instant, le seul point commun que je voie entre nous, c'est que nous sommes voisines.

- Nous aurions reçu des messages parce que nous habitons ici, au 23 ? Alors, nous ne sommes peut-être pas les seules. Il faut interroger les autres gens de l'immeuble.

- Oui, mais alors séparément et discrètement.

- Pourquoi ?

- Vous avez parlé de cette lettre à votre entourage, vous ?

- Mon entourage, à part mon chat... Je vis seule, je n'ai pas d'amis, je ne vois plus mes parents depuis longtemps et je n'aime pas les gens avec qui je travaille. D'ailleurs j'ai jeté la lettre en pensant que c'était une erreur. Alors bien sûr je n'en ai parlé à personne.

- Moi, je vis avec ma mère. Si vous lui posez la question, elle vous dira que nous n'avons reçu aucune lettre. C'est elle qui me l'a donnée mais elle est tellement débordée qu'elle ne s'en souvient plus. Elle ne m'a même pas demandé qui m'écrivait.

- Et vous, vous ne lui avez rien dit ?

- Je ne sais pas pourquoi mais non, je n'ai pas envie qu'elle soit au courant. D'autres personnes sont peut-être comme moi.

- Mais vous m'en avez parlé, à moi.

- Oui, mais vous, vous avez reçu le même genre de courrier.

- Ok. Nous allons aborder les gens un à un. Et, vous avez raison, ne nous dévoilons pas trop. Nous pourrions par exemple leur demander s'ils n'ont pas trouvé dans l'escalier une lettre écrite à l'encre violette que nous aurions perdue. S'ils en ont reçu une aussi, ils nous le diront. Partageons-nous le travail. On laisse tomber les magasins du rez-de-chaussée, les gérants n'habitent pas l'immeuble. On pourrait commencer par les gens du premier. Vous vous chargez des Morris, la famille nombreuse, et moi du jeune couple, ceux qui n'ont qu'un bébé. J'irai demain dimanche. Après, on verra pour les autres étages.

- C'est parti. Madame Klein, je suis bien contente d'avoir fait votre connaissance.

- Appelez-moi Marie-Pierre.

***

Joël entend sonner à sa porte.

- Deux secondes. Je m'habille.

En réalité, il est déjà prêt pour sortir. Un gêneur va-t-il l'empêcher de faire son tour dominical dans les églises du vieux Nice ? Il devrait déjà y être à cette heure-ci mais il n'est pas sûr d'avoir vraiment envie d'y aller. Cette proposition qu'il a reçue l'obsède. Bien sûr, elle est plus que louche. Une offre d'embauche, d'habitude, c'est signé, il y a des références. Là, rien. Et puis cette idée de lui prendre son âme, c'est absurde ! Cette lettre semble sortie tout droit des légendes locales liées à la construction des ouvrages d'art. D'ordinaire, c'est un maçon qui ne parvient pas à terminer son œuvre, alors il pactise avec le diable, qui accepte de l'aider. En échange, il exigera l'âme du premier qui passera sur le pont ou qui entrera dans le bâtiment. Le type s'en sort en faisant inaugurer la construction par une chèvre ou autre bestiau. Joël retient l'idée, si d'aventure le diable lui obtenait vraiment un chantier comme la restauration du Lazaret de Villefranche. Il rit jaune. Tout cela est grotesque. Quelqu'un se moque de lui. Quelqu'un qui a dû le rencontrer dans les églises du vieux Nice en train d'admirer les tableaux et qui l'a trouvé ridicule avec sa vareuse et son chapeau informe...

Mais la machine à rêves est repartie dans sa tête. Restaurer la chapelle de Saint-Jean, une stèle sur l'îlot de Saint-Ferréol, au cœur des îles de Lérins, ou travailler dans l'impressionnant cimetière de Gênes, ce serait génial...

Pourquoi une stèle, au fait ? Ensuite un tombeau, son âme au diable... Pas de quoi s'enthousiasmer, les dernières propositions sont plutôt macabres : cette lettre contiendrait-elle une menace de mort ?

À la porte, le gêneur insiste. Joël va ouvrir. C'est une voisine dont il ignore le nom mais qu'il a déjà croisée dans l'immeuble.

- Excusez-moi, Monsieur. J'habite au-dessus. J'ai égaré une lettre. Je crois que je l'ai laissée tomber dans l'escalier. Je fais la tournée des voisins pour savoir si quelqu'un l'aurait trouvée. L'adresse était écrite à l'encre violette...

- Une enveloppe comme celles-ci ?

Marie-Pierre sursaute. La voix vient de derrière son dos. Elle se retourne et se heurte au papé du troisième et au musicien du cinquième, qui brandissent chacun une enveloppe écrite à l'encre violette.

- Euh, oui. C'est ma lettre, on dirait. Mais... je n'en ai perdu qu'une...

C'était idiot finalement cette histoire de lettre perdue. Marie-Pierre ne sait plus trop comment s'en sortir. Heureusement, le jeune homme au chapeau décati prend les choses en mains.

- Écoutez. Je vois que vous avez reçu tous les trois un message bizarre et que vous vous posez des questions. Vous avez bien fait de venir m'en parler, parce que moi aussi j'en ai reçu un et je ne sais vraiment pas quoi en penser. On vous propose de restaurer des monuments anciens à vous aussi ?

Les autres disent que non, s'expliquent ou plutôt partagent leurs interrogations. Marie-Pierre avoue avoir menti et sort son enveloppe à son tour. On se passe les missives.

- Est-ce que votre épouse a reçu également une lettre ? demande Gérard à Joël.

- Je ne suis pas marié. Vous voulez sans doute parler de ma sœur, Nathalie. Non, et c'est toujours moi qui prends le courrier. Il n'y a rien eu à son nom.

- Quelqu'un d'autre en a reçu une, dit Marie-Pierre. La petite du quatrième, Clara.

On convient de se retrouver le soir dans l'entrée de l'immeuble. Marie-Pierre préviendra Clara.

***

Les cinq se présentent, échangent leurs prénoms, mettent leurs informations en commun. Ils sont les seuls à avoir reçu ces messages bizarres. Après vérification, ni les Morris, la famille nombreuse qui habite en face de chez Joël, ni les Russes du second, ni les jeunes du quatrième qui font souvent la fête la nuit, ni le fameux Rufus, le voisin de Gérard, ne sont concernés, pas plus que la sœur de Joël ou la mère de Clara. Pourquoi eux cinq et pas les autres ? Pourquoi l'inconnu leur tient-il à chacun des propos si différents ? Les messages contiennent-ils une menace ? Faudrait-il prévenir la police ?

Gérard se récrie. Pas la police avant d'être certains qu'il ne s'agit pas d'une blague. Il y a quinze jours, il est allé porter plainte parce qu'on lui avait volé son portefeuille et on l'a mal reçu au commissariat. C'est tout juste si on l'a cru. Il faut d'abord essayer de comprendre qui peut ainsi s'en prendre à eux. Ont-ils une connaissance en commun qui pourrait leur écrire ?

On convient de se revoir dimanche prochain pour en parler, mais pas dans cette cage d'escalier où on n'est jamais tranquille. Clara et Joël n'habitent pas seuls et le studio d'Alban est trop petit pour recevoir cinq personnes. On ira chez Marie-Pierre ou chez Gérard. En attendant, chacun réfléchira au message qui le concerne.

***

Le dimanche, chez Marie-Pierre, le chat Maître-Queux n'en mène pas large. Sa tranquillité habituelle est fortement perturbée par une invasion d'humains. En supporter une, c'est déjà pénible pour lui, mais enfin, il est habitué à sa présence. Quatre de plus, c'est vraiment trop. Il vaut mieux se réfugier sous le lit.

Les humains parlent tous en même temps. Chacun pense avoir pas mal avancé dans ses réflexions et a sa petite théorie sur le sens des messages. Seul Alban se tait. Il a du mal à se faire entendre, avec sa voix cassée. Gérard prend conscience de son malaise et le fait gentiment remarquer à la compagnie.

- Il faut faire un effort pour nous écouter les uns les autres, que chacun prenne la parole à tour de rôle.

Joël commence. Il se lance dans des considérations architecturales compliquées que personne ne comprend. Marie-Pierre entame une digression sur une recette de soupe qu'elle a trouvée dans le livre de la mère Barale. Nul ne saisit le rapport avec les messages. Découragée, elle s'arrête. Gérard prend la parole et se met à pérorer sur les Arthur célèbres, Rimbaud, Miller, Adamov, Conan Doyle. Quand il passe à Chamberlain, l'assistance est à deux doigts de s'endormir. Alban marmonne au sujet de la dégradation des hôpitaux en France et les autres ne saisissent pas un traître mot de ce qu'il dit. Clara comprend que le topo qu'elle a préparé sur les représentations de Satan dans la littérature fantastique, beaucoup trop scolaire, ne passera pas davantage. Elle ne dit rien et réfléchit. Que penserait Lisbeth en pareille circonstance ? Le problème, c'est que les personnes qui sont là n'ont pas l'habitude de résoudre des énigmes. Et puis elles ne se connaissent pas assez. Elles vivent dans des univers si différents qu'elles n'arriveront jamais à s'entendre. Clara a conscience de n'être encore qu'une enfant, mais elle voit qu'aucun des adultes n'intervient pour essayer de faire repartir la conversation sur de meilleures bases. Alors elle prend sur elle.

- Écoutez. Ce que nous essayons de faire, il me semble, c'est de mener une sorte d'enquête, non ? Pour ça, nous avons besoin de mieux nous organiser. Ça fait une heure qu'on blablate et personne ne comprend rien au discours des autres. Tout le monde décroche dès que quelqu'un parle plus de dix secondes, moi la première. Je crois que c'est parce qu'on ne se connaît pas du tout.

- Qu'est-ce que vous proposez ?

- Déjà que vous me disiez tu. J'ai quatorze ans. Je n'ai pas l'habitude que tout le monde me vouvoie. Je trouve que ça met la mauvaise ambiance.

- D'accord. On pourrait même tous se tutoyer. Mais ce sera complètement artificiel. On ne se connaîtra pas davantage pour autant.

- Alors je propose qu'on abandonne un moment les messages et que chacun se présente, explique un peu qui il est, ses goûts, ses habitudes. Avec Marie-Pierre, on a fait ça l'autre jour et on a plus avancé en dix minutes qu'aujourd'hui depuis une heure.

Marie-Pierre confirme. L'exercice se révèle très difficile et un peu guindé. Les autoportraits sont superficiels. Clara ne va pas raconter à ces inconnus qu'elle est harcelée par ses camarades de classe depuis deux ans, Gérard qu'il crève de solitude et de désespoir parce que ses enfants semblent avoir oublié son existence, Alban qu'il est malade et s'ennuie à mourir sur son pupitre du Philharmonique, Joël qu'il a parfois envie d'envoyer sa sœur et son neveu à tous les diables et Marie-Pierre qu'elle a quarante ans, pas d'enfant, pas de mec et qu'à part la bouffe, il n'y a rien dans sa vie.

Mais enfin, le peu qu'ils révèlent leur permet quand même de comprendre collectivement ceci : chacun d'entre eux a une passion, qui est à la fois une force et une faiblesse et qui lui permet d'oublier par moment ses blessures cachées. Outre le fait d'habiter au 23 rue de la Préfecture, serait-ce là un autre point commun ? L'idée est diffuse, bien trop vague encore pour que quelqu'un ose la formuler. Le corbeau, ce mystérieux correspondant qui les a choisis parmi tous les autres occupants de l'immeuble, semble pourtant avoir connaissance de ces passions, voire de ces blessures. Ce dont chacun prend conscience, c'est que le hobby des autres est essentiel pour la compréhension globale des messages. On se sent mieux disposé à écouter les explications de Joël sur l'architecture ou les délires de Marie-Pierre sur la cuisine. Il faudrait qu'ils reprennent leur exposé à tour de rôle et que cette fois ils s'écoutent vraiment.

Pour qu'on ne parte pas dans tous les sens, Alban propose que chacun commence son topo par *Le mystérieux correspondant m'a envoyé ce message parce que... et termine par Pour faire avancer l'enquête, j'ai l'intention de...* Marie-Pierre suggère que quelqu'un prenne des notes et fasse ensuite un résumé de la séance.

- On n'avancera pas si on n'a pas de secrétaire. Quelqu'un qui sache un peu rédiger.

Tous les regards se tournent vers Clara.

- Quelqu'un qui lit autant doit savoir écrire.

Qui a parlé ? Clara rentre dans sa coquille. Serait-ce une agression ? Ils sont gonflés tous ces vieux de se décharger sur elle. Gérard a pitié.

- Je veux bien le faire. Quand ma femme était encore là, je m'occupais beaucoup d'associations. J'ai l'habitude.

- C'est drôle de nous comparer à une association. On se connaît à peine, fait remarquer Joël.

- C'est ça, justement, une association. Des gens qui ne se connaissent pas et qui se retrouvent pour travailler autour d'un projet commun.

L'idée amuse Marie-Pierre.

- Les associations portent un nom en général. Je propose *L'Atelier des Chefs*.

- Moi, *Les Compagnons du tour de Nice* ! dit Joël.

- *Le Bal des Vampires* ! dit Clara.

- *Concerto pour un Corbeau* ! dit Alban.

- *La Compagnie c'est bon pour le Moral* ! dit Gérard.

Impossible de trancher. Alors on décide d'aller au plus simple : *Les Amis du 23*. Clara trouve bizarre de faire partie d'un groupe d'amis, elle qui a tant de mal à s'en faire. Et c'est aussi le sentiment des autres.

***

Compte-Rendu de l'Assemblée Générale 2021 de l'Association Amis du 23

Association Amis du 23
Siège social : 23 rue de la Préfecture
06300 Nice

Membres présents : 5
Membres représentés : 0
Le quorum étant atteint l'Assemblée Générale peut valablement délibérer.

Le dimanche 25 avril 2021, les membres de l'association des Amis du 23 se sont réunis en assemblée extraordinaire. Ils se sont exprimés sur le sens qu'avait pour eux le message du corbeau et sur ce qu'ils comptaient faire par la suite.

Joël Ménard : Le mystérieux correspondant m'a envoyé ce message parce que je m'intéresse à l'art, en particulier à l'architecture et à la peinture. Il me promet des restaurations plus ou moins prestigieuses. Le Lazaret de Villefranche ou la chapelle du cap Ferrat. Grandiose ! Construire une stèle sur l'îlot de Saint-Ferréol, c'est déjà moins important comme travail. Surtout moins gai. La sinistrose continue avec ces tombeaux à Gênes et à Parme. J'ai d'abord pensé à une menace de mort, mais on ne réclame pas ma vie, seulement mon âme. Je trouve ça grandiloquent et ridicule. Pour faire avancer l'enquête, j'ai l'intention de me rendre sur les lieux indiqués dans le message, pour voir s'il y a vraiment du travail pour moi. Parme, c'est un peu loin, il faudrait que je sois en congé. Enfin, on verra.

Marie-Pierre Klein : Le mystérieux correspondant m'a envoyé ce message parce que j'aime la cuisine. Clara me l'a traduit de l'italien (note du secrétaire : traduction à trouver en annexe). Je crois pouvoir dire de façon certaine qu'il s'agit d'une recette de raviolis. Je ne suis pas d'ici mais j'ai toujours cru que les raviolis étaient une spécialité niçoise. La recette que j'ai reçue préconise de la bourrache, et cite même son nom niçois, *boraj*. Pourtant la mère Barale, elle, n'en met pas dans sa farce, pas plus que de cervelle de veau ou de saucisse. À Nice, c'est de la daube de bœuf et des blettes qu'on utilise. Cette façon de faire n'est pas niçoise. Pour faire avancer l'enquête, j'ai l'intention de préparer le plat du corbeau et, si vous le voulez bien, de vous inviter chez moi pour vous le faire goûter. Vous me direz ce que vous en pensez.

Alban Mazzoli : Le mystérieux correspondant m'a envoyé ce message parce que je souffre d'une maladie héréditaire appelée syndrome de Marfan. C'est à elle que je dois ma grande taille, ma maigreur, mes ligaments distendus et probablement mes problèmes d'élocution. Personne ne sait que j'en suis atteint à part mon généraliste. Mais si le corbeau est médecin, ou appartient au corps médical, il a pu faire le diagnostic rien qu'en voyant mon physique. En tout cas ce n'est pas pour rien qu'il m'aiguille vers la Timone à Marseille, où consulte une spécialiste des maladies génétiques. Pour faire avancer l'enquête, je ne sais vraiment pas quoi faire, à part des recherches sur le syndrome de Marfan, mais mon médecin me l'a déconseillé et j'avoue que j'ai peur de savoir ce que me réserve l'évolution du mal. Le *prenez garde* du message me fait froid dans le dos et ne m'encourage pas à chercher.

Clara Portal : Le mystérieux correspondant m'a envoyé ce message parce qu'il sait que je ne résiste ni aux énigmes, ni au fantastique. Alors un rendez-vous avec le diable, c'est sûr que je vais me précipiter. Mais où aller ? Le message n'indique pas de lieu précis. On pourrait penser à une menace de mort, mais je ne suis pas si méchante pour mériter d'aller en enfer. De toute façon je n'y crois pas, au diable. Pour moi, c'est juste un héros de roman ou de légende. À mon avis, nous avons affaire à un message codé. Ce diable cache une personne réelle. Pour faire avancer l'enquête, je vais chercher qui est ce démon qui m'attend.

Gérard Vogade : Moi j'avais concentré toutes mes recherches sur ce prénom, Arthur. Mais en vous écoutant, j'ai compris que ce n'était pas ça l'important. Le corbeau a ciblé chacun de vos passe-temps favoris. Moi, je n'en ai qu'un, c'est écouter de la variété française d'autrefois. Cette histoire de cadavre disparu est forcément en relation avec ce genre de musique. Il pourrait s'agir des paroles d'une chanson. Je pense a priori à Brassens, vu le sujet macabre, ou à Léo Ferré, peut-être Brel. Pour faire avancer l'enquête, je vais creuser dans ce sens. J'ai beaucoup de documents chez moi. Je m'engage à revenir la semaine prochaine avec les références de la chanson et le texte entier.

Monsieur Gérard Vogade a présenté sa candidature au poste de secrétaire. Il a été élu à l'unanimité. Les membres se sont entendus sur le nom à donner à l'association, Les Amis du 23. Cinq voix pour, zéro voix contre.

La séance s'est terminée à 12 heures 30. Il a été convenu de se retrouver le dimanche 2 mai à 19 heures.

Le secrétaire : Gérard Vogade

Annexe

Traduction du message de Marie-Pierre par Clara.

Un péché de gourmandise à se damner.

Pour une livre et demie de farine, deux livres de bon bœuf maigre pour faire le jus. Mets un peu de beurre dans la poêle, puis de l'oignon haché fin et fais revenir. Mets le bœuf et laisse dorer légèrement. Pour obtenir un jus bien gluant (je ne suis pas sûre de la traduction), *prends quelques pincées de farine, et parsèmes-en lentement la sauce pour qu'elle ait bonne mine. Ensuite, prends le concentré de tomate, dissous-le dans l'eau, verse dans la casserole et touille bien. Ajoute enfin des champignons secs hachés et pilés. Et voilà, la sauce est prête !*

Au tour de la pâte maintenant. Pour arriver à rouler les feuilles (quelles feuilles ? Je ne vois pas), *sans œufs ce n'est pas facile. Si tu ajoutes un peu de sel* (mais où ?), *ça aidera.*

Maintenant, c'est au tour de la farce. Dans la même casserole que la viande, fais cuire une demi-livre de veau pas gras. Sors-le de là, hache-le et pile-le un max. Prends une cervelle de veau (beurk !), *fais-la cuire dans de l'eau, retire la peau, hache-la bien et pile-la à part* (de la cervelle pilée, je peux même pas imaginer !). *Achète quatre euros* (pas sûre que ce soient des euros) *de saucisse de Lugano, retire la peau, hache et pile à part. Prends une poignée de bourrache, qu'on appelle à Nice boraj,* (jamais entendu parler) *fais-la bouillir, essore-la à fond et pile-la comme plus haut. Prends trois œufs, qui suffisent pour un kilo et demi de farine* (pardon Marie-Pierre, c'est la deuxième fois qu'on parle de farine dans la recette mais je ne sais pas ce qu'on en fait), *bats-les, mélange-les aux ingrédients précédents et remixe bien le tout, avec un peu de parmesan. Voilà, la farce est prête !*

***

Clara est impressionnée par ce compte-rendu que Gérard a mis dans sa boîte aux lettres. Il est écrit à la main et le pauvre l'a certainement recopié en cinq exemplaires. Il a dû y passer des heures. La calligraphie est presque aussi belle que dans les messages du corbeau, mais le résultat ne fait pas très pro. Si on l'avait choisie comme secrétaire, elle se serait mieux débrouillée pour la présentation. Texte tapé sur l'ordi et tiré avec l'imprimante du collège. En revanche pour le style, elle n'aurait pas assuré. *Assemblée générale, quorum,* elle ne connaît pas ce jargon. Elle ne voit pas bien à quoi ça sert mais il faut reconnaître que ça fait classe. Il s'est pris au jeu, le papé ! En ce qui concerne sa propre contribution, la traduction de l'italien, Clara en est plutôt fière. Le style ne fait pas trop tache dans l'ensemble.

Elle relit soigneusement les cinq déclarations. Elle voudrait comprendre, trouver un fil conducteur dans ce fatras. Sainte Lisbeth, priez pour moi ! Le personnage de Stieg Larsson n'a rien d'une sainte, mais l'invocation chrétienne est plus rapide que les formules cabalistiques et les rites sataniques qui convoquent les démons dans les livres que lit Clara...

Deux des témoignages retiennent son attention. Celui de Marie-Pierre et celui d'Alban. Aucun des deux ne semble prêt à faire la moindre recherche pour faire avancer l'enquête. Marie-Pierre est sacrément paresseuse. À part manger, rien ne la branche. Clara est ravie d'être invitée à se régaler de raviolis, mais elle ne voit pas en quoi cette dégustation peut leur apporter la lumière. Pour Alban, c'est différent.

Elle comprend parfaitement son point de vue. Elle-même a toujours refusé de chercher *Maladie d'Alzheimer* sur Internet. Elle n'a pas besoin de lire des horreurs pour savoir que c'est râpé pour sa grand-mère. Elle les reconnaîtra de moins en moins et elle finira par se laisser mourir. Comment avoir envie de vivre quand on n'est plus entouré que par des inconnus ?

En revanche, Clara ne voit aucun inconvénient à s'informer sur la maladie de Marfan. Elle creusera aussi cette recette de raviolis. Avec Internet il n'y a plus de mystère insoluble. Du reste, elle pourrait dans la foulée travailler sur les messages de Joël et de Gérard, parce qu'elle se doute que le premier n'aura pas beaucoup de temps, surtout s'il doit se déplacer pour visiter des monuments, et que le grand-père n'a peut-être même pas d'ordinateur ni de connexion Internet. Mais pas tout de suite. Elle leur laissera d'abord une semaine pour voir s'ils s'en sortent seuls car elle doit en priorité mener sa propre enquête sur l'identité du diable, comme elle l'a promis. À elle de surfer sur le net, néanmoins. C'est plus *fun* que la rédaction fastidieuse de comptes-rendus associatifs ! Et toutes ces recherches pourront être faites sur son téléphone, un outil simple, léger, discret. Voilà que l'engin lui paraît plus sympathique tout à coup.

***

Joël a pris sa journée. Tobias est à la crèche, Nathalie à son travail. Il l'a prévenue qu'il ne rentrerait que très tard et qu'elle ne devait pas compter sur lui pour aller récupérer son fils. Il est temps que cette tête de linotte prenne ses responsabilités.

Il sort le vélo qu'il range dans le local à poubelles. Cap sur l'est. Le port, la basse Corniche. Quel paysage ! Il fait vraiment un temps à jouer les touristes. Il connaît Villefranche-sur-Mer. Il sait déjà que le Lazaret, un ancien hôpital, était situé sur la Darse, qu'il a été construit au XVIIe siècle pour y mettre en quarantaine les malades de la peste ou du choléra, qu'on l'a ensuite reconverti en caserne, détruit dans les années trente et remplacé par des bâtiments d'habitation. Il sait aussi qu'il n'en reste plus qu'un vestige. C'est vers cette tour carrée qu'il se dirige à grands coups de pédale.

L'architecture extérieure ne paie pas de mine mais il apprécie les jolies tuiles vernissées du toit à quatre pans. Ce doit être l'intérieur qui a besoin d'être restauré. Joël cherche l'entrée. Un pêcheur à la ligne qui passe sur le chemin voit son embarras.

- Vous voulez visiter la tour Paganini ? C'est pas possible. C'est fermé au public.

- Ah bon ? Vous y êtes déjà entré ? Il y a des décors ou des œuvres d'art à restaurer à l'intérieur ?

- J'en sais rien. Demandez à la mairie.

Joël est déçu. Il ne tient pas à aller à la mairie, on lui poserait des questions embarrassantes. Autant passer à son objectif numéro deux. Il reprend la route, quitte Villefranche, bifurque vers le cap

Ferrat. Il dépasse Saint-Jean, longe l'anse de la Scaletta et arrive à la pointe Saint-Hospice. La chapelle est là, en parfait état. Devant la porte, un groupe de touristes est massé autour de son guide. Joël s'approche pour capter quelques bribes. Il apprend que la chapelle doit son nom à un moine bénédictin du VIe siècle nommé Hospitius, qui avait annoncé l'invasion des Lombards. La légende dit que quand ils ont envahi le littoral, l'un d'eux a voulu tuer le saint homme qui avait prédit leur arrivée. Mais son bras armé s'est soudain pétrifié, il ne pouvait plus bouger. Les envahisseurs, émerveillés ou terrifiés par ce miracle, se sont inclinés et ont laissé la vie sauve au pauvre ermite.

Le guide s'attarde ensuite sur l'impressionnante vierge en bronze qui jouxte la chapelle :

- La statue mesure près de douze mètres de haut. Elle a été réalisée en 1903 par le sculpteur milanais Tranquillo Galbusieri pour répondre à une commande d'ex-voto passée par un niçois, Auguste Gal, qui avait survécu à un naufrage. Il appartenait à une famille de négociants en huile très prospères. Prenez votre temps pour admirer la vierge, notre visite va s'arrêter ici. Je suis désolé, je ne peux pas vous montrer l'intérieur de la chapelle, elle est fermée depuis dix mois pour restauration.

Ah ! Il y a bien des travaux de réfection ici, mais on n'a pas attendu monsieur Joël Ménard pour les faire. Tant pis !

Il reste un lieu à voir. C'est loin et de l'autre côté de Nice. Joël ne s'en plaint pas, il se sent libre, enfin. Il reprend son vélo, traverse la ville dans l'autre sens, emprunte la piste cyclable jusqu'à Antibes et coupe à travers le cap jusqu'à Juan-les-Pins. Le ferry qui relie Cannes aux îles de Lérins ne l'approcherait guère de son objectif. Il préfère s'arrêter au port Gallice. Au milieu des yachts, il débusque une barque de pêcheur qui s'apprête à prendre la mer. Pour un billet de cinquante euro, l'homme accepte de faire un détour pour le conduire sur l'îlot de Saint-Ferréol.

Déception ! ce n'est qu'un banc de cailloux désert. Il n'y a rien à voir, ni église, ni cimetière où poser une stèle. Le pêcheur lui raconte qu'autrefois il y aurait eu un tombeau au milieu de ce tas de pierres, celui d'un moine, saint Ferreolus, torturé par les Sarrasins. Encore un ermite ? Encore un saint martyr ? Le corbeau veut-il l'inviter à réviser son catéchisme ? À sauver son âme en reconstruisant la tombe de ce moine ? Il tombe mal. Du genre sceptique, le Joël !

Tout ça n'a aucun sens. Le jeune homme revient rue de la Préfecture fatigué. Son enthousiasme est tombé. Il n'a rien appris. Dans ces conditions, inutile de faire des frais pour aller à Gênes ou à Parme. Pour quoi faire ? Visiter des cimetières à l'aveuglette ? Il ne sait même pas ce qu'il cherche. Il s'est laissé entraîner dans une absurde chasse au trésor par des voisins romanesques et infantiles qui se rejouent le Club des Cinq pour tromper leur ennui. À croire que tous ont l'âge mental de la petite Clara. Il aurait mieux fait d'utiliser son temps libre pour étudier le statut de l'auto-entrepreneur.

***

Gérard a eu plus de chance. Il a fini par retrouver la chanson dans l'un de ses recueils. Elle est de Boris Vian, évidemment ! Pourquoi n'a-t-il pas pensé tout de suite à cet écrivain, jazzman, humoriste génial ? Le titre, c'est *Arthur, où t'as mis le corps*. Les paroles racontent l'histoire d'une bande de malfaiteurs qui tuent un antiquaire lors d'un casse. Seulement le fameux Arthur, chargé de faire disparaître le corps, ne se rappelle plus où il l'a mis. Les bandits sont arrêtés et condamnés. En prison, ils torturent l'étourdi pour lui faire cracher le morceau et le malheureux meurt sous les coups de ses comparses. Et là, mystère, sa dépouille s'évapore à son tour. Ce sont les malfrats, cette fois, qui sont sommés d'expliquer ce qu'ils ont fait du corps.

En découvrant ce texte surréaliste et absurde, Gérard a ri de bon cœur, ce qui ne lui était pas arrivé depuis longtemps. Il connaissait pas mal de chansons de Boris Vian, bien sûr, mais pas celle-ci. Il est allé faire un tour à la Fnac pour acheter le CD. Cerise sur le gâteau, l'interprète est Serge Reggiani. Gérard a écouté le disque en boucle toute la soirée.

Il affiche donc une mine réjouie quand il arrive chez Marie-Pierre. Cette fois, la réunion a lieu en fin de journée. Par chance pour Alban, il n'y a pas de concert ce soir-là à l'Opéra. Nathalie a fait une scène parce qu'elle devait sortir avec des copains et qu'elle comptait sur son frère pour jouer les babysitters, mais Joël est passé outre. La maman de

Clara n'a même pas remarqué que sa fille ne dînait pas à la maison.

Marie-Pierre a cuisiné toute la journée. Elle a pu faire le tour de ses lacunes en matière culinaire : manque de pratique, d'organisation, d'ustensiles, manque de confiance en soi surtout. Ce matin, elle s'est levée de bonne heure. Elle a fait tous les maraîchers du cours Saleya pour trouver de la bourrache. Elle est allée rue Pairolière chercher la cervelle et les saucisses qu'elle avait commandées chez Ghibaudo. Rentrée chez elle, elle s'est rendu compte que la recette ne disait rien sur la pâte à raviolis. Il était bien question de farine et de sel, mais que fallait-il en faire ? Plutôt que de se lancer dans une improvisation, elle a préféré aller pleurer chez Tosello, le marchand de pâtes fraîches d'à côté. Elle est bonne cliente et ils sont avenants. Ils lui ont vendu de la pâte toute faite et lui ont prêté une planche à raviolis. Elle a un peu discuté avec la vendeuse.

- Ah oui, je la connais, cette recette à la cervelle et à la bourrache. C'est à Gênes qu'on les fait comme ça !

Bon ! En tout cas Marie-Pierre y est arrivée. Elle a goûté son plat en se recueillant, les yeux fermés. Quel délice ! Les invités peuvent venir. Elle est prête.

Le repas se déroule dans la bonne humeur. Dès la première bouchée, chacun s'extasie à sa manière sur la performance de la cuisinière :

- Parfaite harmonie de saveurs ! dit Alban.

- Palette digne d'un Michelange ! renchérit Joël.

- Marie-Pierre, *je t'aime, je t'adore como la salsa de pomodoro*, ose Gérard.

- Grave bon, conclut Clara.

On ne parle pas directement des messages. Comme les convives ont peu de points communs, ils racontent comment ils sont venus habiter dans l'immeuble, échangent leurs impressions sur les autres voisins, qu'ils ont sondés au sujet de la lettre. Rien à dire sur les Morris, la grande famille du premier. Ils ne sont pas très liants mais on comprend pourquoi les parents, qui travaillent et doivent gérer quatre enfants en bas âge, n'ont guère le temps de papoter. Les trois étudiants bruyants qui louent en face de chez Clara restent entre eux, on ne les connaît pas. Au sujet des Russes, on s'accorde pour les trouver suspects. Ce ne sont jamais les mêmes qui vivent dans cet appartement. Ivanov, le nom qui figure sur la boîte aux lettres, c'est un peu en Russie comme Martin ou Dupont chez nous, selon Joël. Ça sent la fausse identité. On se demande s'il n'y a pas derrière ce défilé d'occupants un trafic louche qui pourrait, pourquoi pas, avoir un rapport avec les messages du corbeau.

Quant à ce Rufus qui habite en face de chez Gérard, les cinq déclarent à l'unisson qu'il est particulièrement odieux. En voilà un qu'on connaît bien, hélas ! Il se manifeste sans cesse auprès du syndic : Alban le dérange avec son *crincrin*, Marie-Pierre empuantit la cage d'escalier avec des odeurs de *rata dégueulasse*. Une nuit où Tobias pleurait parce qu'il avait une otite, Rufus a osé crier dans la courette *À la poubelle, ce bébé !* Il est même allé jusqu'à se plaindre des allées et venues des infirmières sur le palier quand l'épouse de Gérard était à l'agonie. Quant à Clara, elle le déteste parce qu'il drague sa mère de façon grossière. Si c'est lui qui a écrit les lettres, personne ne s'en étonnera, mais tous seront un peu déçus. Ils créditent le corbeau de plus de panache.

Puisque le mystérieux correspondant revient toujours sur le tapis et que le repas est terminé (Marie-Pierre n'a prévu ni entrée, ni dessert), on passe aux choses sérieuses. On est venu ici pour partager les investigations de la semaine. Tandis que le chat Maître-Queux s'enhardit et pointe le bout de son museau pour examiner l'assistance, Joël et Gérard racontent ce qu'ils ont fait, Marie-Pierre et Alban ce qu'ils n'ont pas fait et Clara, qui n'a pas dit grand chose pendant le repas, se retient encore un peu de parler. Elle savoure l'instant. Elle sait que quand elle va ouvrir la bouche elle va faire exploser une bombe.

***

Compte-Rendu de de la réunion ordinaire du dimanche 2 mai 21 de l'Association Amis du 23

Association Amis du 23
Siège social : 23 rue de la Préfecture
06300 Nice

Le dimanche 2 mai 2021, les Amis du 23 se sont réunis autour d'un plat de raviolis cuisinés par madame Marie-Pierre Klein selon la recette envoyée par le corbeau. L'assemblée a chaleureusement félicité la cuisinière.

Les membres font état de leurs pérégrinations de la semaine. Ce compte-rendu ne retiendra que les points utiles à l'enquête.

Marie-Pierre Klein a appris que la recette envoyée par le corbeau est d'origine génoise.

Alban Mazzoli a consulté son généraliste qui, pour lui remonter le moral, lui a dit qu'il devait son talent à sa maladie. La déformation de ses os et ses tendons distendus rendent ses doigts particulièrement longs et agiles, un gros avantage pour jouer du violon.

Joël Ménard a constaté qu'aucune restauration de bâtiments ni de peintures n'est possible dans les lieux indiqués par le corbeau.

Gérard Vogade a retrouvé la chanson évoquée par le message : *Arthur, où t'as mis le corps*, de Boris Vian. Il résume le texte et avance une hypothèse : le corbeau ne manque pas d'humour.

Clara Portal fait remarquer qu'elle ne voit pas en quoi le texte de Boris Vian est drôle, puis donne le détail de ses propres recherches. En tapant *diable à Nice* sur Google, elle a trouvé une liste d'endroits où on peut acheter ou louer un *diable*. Elle n'a pas jugé utile d'aller chez Leroy-Merlin. Elle a repéré ensuite une avenue des Diables bleus, vers Riquier, où elle s'est rendue sans rencontrer le moindre diable, bleu ou non. La gérante d'une brasserie voisine lui a appris que cette expression ne faisait pas référence aux démons de l'enfer, mais au surnom que les Allemands, impressionnés par leur courage, donnaient aux chasseurs-alpins pendant la seconde guerre mondiale. Ils avaient leur caserne dans le coin. Clara s'apprêtait à chercher s'il y avait encore des représentants de ce corps d'armée à Nice quand elle s'est aperçue qu'elle faisait totalement fausse route. En réfléchissant à l'ensemble des messages, elle a découvert leur véritable point commun. Elle invite la compagnie à la suivre dans la rue et à lire la plaque apposée sur la façade de l'immeuble, à gauche de la porte d'entrée (note du secrétaire : texte de l'inscription en annexe).

Annexe

Inscription apposée sur la façade du 23 rue de la Préfecture à Nice : *Poi che da questa casa volgendo il giorno XXVII di maggio del MDCCCXL lo spirito di Niccolò Paganini si ricongiunse alle fonti della eterna armonia giace l'arco potente di magiche note ma nelle aure soavi di Nizza ne vive ancora la dolcezza suprema.*[1]

La main de Gérard tremble d'excitation en recopiant ces mots. Mais il hésite pour rédiger la suite du compte-rendu. Comme ils étaient dans la rue, il a cessé de prendre des notes. Et puis tout est parti en vrille. Tout le monde s'exclamait, les commentaires fusaient et Gérard ne sait pas trop comment résumer.

1 - Puisque dans cette maison, le 27 mai 1840, à la tombée du jour, l'esprit de Niccolò Paganini a rejoint les sources de l'harmonie éternelle, l'archet fertile en notes magiques est mort, mais la suave atmosphère de Nice en conserve toujours la suprême douceur.

Il essaie de reconstituer la scène dans sa tête.

D'abord personne n'a rien dit parce que tout le monde avait déjà vu l'inscription sur la façade, mais les uns ne comprenaient pas l'italien et les autres n'y avaient prêté aucune attention. Il y a tellement de plaques de ce genre dans le vieux Nice !

Clara a traduit à haute voix et a conclu :

- C'est dans notre maison que Paganini est mort. C'est donc confirmé, c'est bien parce que nous habitons ici que nous avons été contactés. Niccolò Paganini est un violoniste connu.

- Oui, merci Clara ! Tout le monde sait qui est Paganini ! Ce n'est pas un simple violoniste, c'est le plus grand de tous les temps.

- Moi je ne savais pas.

Les autres oublient parfois que la petite n'a que quatorze ans et qu'elle ne peut pas tout connaître.

- Mais quel rapport avec nos messages, Clara ?

- Par qui voulez-vous que je commence ?

Alban, bien placé pour avoir entendu parler du célèbre musicien, a pris les devants.

- En ce qui me concerne, tu n'as pas tort. Le rapport est évident. Paganini jouait du même instrument que moi, enfin, beaucoup mieux que moi. Mais nous avons surtout un autre point commun : le syndrome de Marfan. Lui aussi en était atteint, ce qui peut expliquer l'agilité exceptionnelle de ses doigts. Comme moi, il souffrait d'une paralysie progressive du larynx. L'allusion à un rendez-vous médical dans un service de maladies génétiques peut faire référence aussi bien à lui qu'à moi, effectivement.

- Moi, a dit Joël, j'ai déjà entendu son nom récemment. La tour du Lazaret, que le corbeau m'a proposé de restaurer, s'appelle la tour Paganini. Je ne sais pas pourquoi on lui a donné ce nom. Mais avant d'aller à Villefranche, je n'ai jamais eu aucun lien avec ce musicien.

- Et moi, je n'en vois aucun avec mes raviolis, a dit Marie-Pierre.

- C'est pourtant ton message qui m'a donné la clé. J'ai tapé une phrase au hasard sur Google et je suis tombée sur une recette qui s'appelle *I raieü cou tuccu*[2]. Ce n'est pas vraiment de l'italien, c'est pour ça que je n'ai pas tout compris du premier coup. C'est du génois et en gros ça veut dire *Les raviolis à la viande*. C'était le plat préféré de Paganini, qui est né à Gênes, et il a copié la recette de sa propre main. Le message que tu as reçu, c'est le texte exact du manuscrit, à part la première phrase, apparemment ajoutée par le corbeau, *Péché de gourmandise à se damner*.

- Et ton message à toi, Clara, ce diable qui t'attend, quel est le rapport avec Paganini ?

- Le rapport ? C'est que le diable, c'est lui ! C'était comme ça qu'on le surnommait à Nice, *le diable*. On disait qu'il pratiquait un culte satanique, que les cordes de son violon étaient faites avec des boyaux de femmes, qu'il avait assassiné l'une de ses maîtresses. Il était si effrayant sur scène que certaines personnes s'évanouissaient en l'écoutant, paraît-il. J'aurais bien voulu voir ça.

2 - Les lecteurs intéressés trouveront la recette originale sur le site suivant : https://genovaquotidiana.com/2015/10/19/i-raieu-cou-tuccu-la-ricetta-di-paganini-violinista-del-diavolo/

- N'importe quoi, a dit Joël. On ne peut pas s'évanouir de peur au milieu d'une salle de concert, rien que parce qu'on entend un air de violon. Et cette histoire de boyaux, non mais franchement... C'est de la légende, tout ça.

Mais Marie-Pierre insistait.

- Alors, le corbeau voudrait dire que c'est Paganini lui-même qui t'attend au fond de l'enfer, Clara ?

- J'avoue que ça donne un peu la chair de poule.

La gamine avait pâli. Les autres se sont tus un instant. Ce n'était plus le diable, figure folklorique à laquelle plus grand monde ne croyait mais dont l'adolescente était férue, qui l'attendait dans l'au-delà, c'était un vrai mort, qui avait péri dans leur immeuble et qui peut-être hantait encore les lieux, cherchant à attirer les habitants dans le monde des ombres. Du moins, quelqu'un de bien vivant cherchait à le leur faire croire. Tous étaient frappés par le caractère menaçant que cette nouvelle approche donnait au message. Que la petite Clara en soit la cible privilégiée leur paraissait particulièrement fâcheux. Marie-Pierre regrettait d'avoir insisté auprès de la gamine pour clarifier la situation. Gérard a essayé de rassurer la compagnie.

- On se calme. Nous sommes loin d'avoir tout saisi. D'ailleurs ces quelques liens avec Paganini sont peut-être fortuits. Moi, ma chanson de Boris Vian, écrite en 1958, ne peut avoir aucun rapport avec ce violoniste mort en... 1840, d'après ce que dit la plaque.

- Détrompe-toi. Si j'avais encore des doutes, tu me

les as ôtés quand tu nous as lu les paroles. J'ai un peu regardé la biographie de Paganini. Un vrai roman. Mais le plus extraordinaire, c'est sa mort.

Et Clara a raconté ce qu'elle avait trouvé à ce sujet.

- Paganini est mort du choléra, mais il avait refusé les *derniers sacrements*. C'est bien comme ça qu'on dit, hein, Gérard ?

- Oui.

- Alors personne n'a voulu de son cadavre, ni les catholiques, ni les protestants, ni sa ville natale de Gênes, ni le Pape. Ses amis ont embaumé le corps et l'ont planqué pour que les Niçois ne viennent pas le voler, lui cracher dessus ou je sais pas quoi. Ils l'ont ensuite enterré en douce, déterré, trimballé à droite à gauche, et pas qu'une fois. À force, plus personne ne savait où il était. Aujourd'hui encore on n'est pas sûr que sa tombe, à Parme, contienne le bon squelette. On a donc perdu le corps, comme Arthur dans la chanson de Boris Vian. Tu vois le rapport maintenant, Gérard ?

Mais Joël est intervenu.

- À Parme ? Tu dis que la tombe de Paganini est à Parme ?

- Je n'ai pas tout lu sur le sujet. Il faut que vous m'aidiez, qu'on trouve d'autres détails. Gérard a raison, on n'a pas tout compris.

- Je me charge d'approfondir cette histoire de cadavre disparu, a dit Joël. Cette tombe à Parme, elle est citée dans mon message.

Il était tard. Marie-Pierre pensait peut-être depuis un moment qu'elle allait devoir tout ranger et que le lendemain la plupart d'entre eux devaient travailler. Elle est sortie encore une fois de sa passivité :

- Je crois traduire l'avis général en félicitant Clara pour la formidable découverte qu'elle a faite. Selon moi, ce qui est urgent, c'est d'en savoir plus sur Paganini. Non seulement sur ce qui lui est arrivé après sa mort, mais aussi sur ce qu'il a fait avant, qui il était. Pour ça on peut faire confiance à notre violoniste préféré. C'est lui le spécialiste de la musique. Alban, tu pourrais nous préparer un tour complet du bonhomme pour la prochaine réunion chez Gérard, dimanche prochain. En attendant je vous souhaite une bonne semaine et surtout, n'oublions pas que si quoi que ce soit d'inquiétant se produisait, nous pourrions toujours compter les uns sur les autres. Laissons ouvertes les fenêtres qui donnent sur la courette. S'il y a du nouveau, en bien ou en mal, on donne l'alerte en tapant avec une cuillère sur une casserole, deux coups, puis trois coups, comme dans *Amis du 23*.

Marie-Pierre n'est pas très active dans les recherches d'indices, mais pour planifier, elle est excellente. Une contremaître née.

- C'est Rufus qui va être content si on fait du bruit dans la courette !

- On s'en fout.

La réponse a fusé en parfait unisson...

Gérard se repasse la scène une fois encore, son stylo-plume à la main. Il ne sait pas comment s'y prendre pour terminer son compte-rendu. Ce qui s'est dit est bien trop long, surtout s'il doit tout recopier en cinq exemplaires.

Il cherche une formule qui puisse résumer les débats.

Clara a fait éclater une bombe : le corbeau ne nous parle à tous que de Paganini, qui est mort dans notre immeuble il y a presque deux siècles et qui est le diable en personne.

***

Chez Gérard, le dimanche suivant, tous se sont bien préparés. Alban, le chargé de mission, évidemment. Mais les autres aussi. Ils n'attendent pas tout de leur ami violoniste. Ce n'est pas qu'ils veuillent le prendre en défaut, c'est plutôt qu'ils ont honte de leur ignorance totale en matière de musique. La plupart ont cherché sur Internet le plus de renseignements possibles sur le célèbre virtuose. Gérard a commandé un bouquin à la librairie La Procure et l'a bien potassé. Ils ne voient pas trop comment Alban pourrait en savoir beaucoup plus qu'eux et espèrent pouvoir participer efficacement au débat qui suivra sa présentation.

Le héros du jour, qui a endossé sa tenue de concert, déplie son grand corps et se dresse face à l'assistance. Joël est impressionné. Ce pantalon trop court, cette redingote noire trop longue, ce gilet jaune informe qui pend sur ce corps décharné lui rappellent les portraits de Paganini qu'il a trouvés sur le net et qu'il n'a pas manqué d'examiner de près. Alban a fait fort. Il a utilisé sa vague ressemblance avec le virtuose de génie, due à leur maladie commune qui leur donne un corps grand et maigre, des doigts longs et fins et un nez aquilin, pour soigner sa mise en scène et les mettre vraiment sans l'ambiance.

Il fait une annonce.

- Vous savez que je n'aime pas beaucoup parler. Pour essayer de vous faire comprendre qui était Paganini, j'ai apporté mon violon.

Il se met à jouer l'adagio de la *sonate pour violon seul en sol mineur* de Bach. Les quatre autres sont certes des béotiens et n'apprécient que très modérément la musique ancienne, mais quand un bon violoniste vous joue une sonate de Bach dans l'oreille, pour vous tout seul ou presque, vous restez rarement indifférent. À la fin du morceau, les applaudissements sont sincères.

- Bravo Alban ! C'est un morceau de Paganini ?

- Non. Maintenant, je vais vous jouer du Paganini. Enfin, je vais essayer de vous en donner une petite idée.

Alban attaque un enchaînement qu'il a préparé à partir d'extraits des vingt-quatre *Caprices*. À mesure qu'il joue, il nomme les figures, d'une voix de plus en plus forte et assurée :

- Glissando... Tremolo... Staccato... Harmonies doubles... Montée et descente rapides de plusieurs octaves...

Il accélère progressivement le rythme.

- Trilles... Pizzicato de la main gauche... Démanché... Imitation de deux violons jouant ensemble...

Alban est comme possédé. Il joue de plus en plus vite. Le jeu du violon l'entraîne dans une sorte de danse déchaînée. Son immense carcasse semble se disloquer. Gérard s'inquiète, leur ami va finir en mille morceaux ! Le visage du musicien semble encore plus émacié que d'habitude. Les yeux, enfoncés dans leurs orbites, sont habités de lueurs inquiétantes. Les lèvres se tordent en un rictus. Clara, qu'aucune scène ne peut effrayer dans la littérature de l'horreur qu'elle affectionne, se rappelle à cet instant que le voisin du cinquième lui a toujours fait peur.

Le rythme dépasse à présent l'entendement. Le violon imite des instruments à vent, des chants d'oiseaux. Alban est frénétique. Tout à coup une corde casse, déclenchant un cri dans l'assistance. Mais l'archet continue de virevolter. Une autre casse encore, puis une troisième. Quelqu'un se lève. L'archet ne s'arrête pas. Tout le monde comprend que le violoniste est en train de finir le morceau sur une seule corde, sans que l'on entende la moindre différence, avec un brio surhumain.

Ils sont tous debout maintenant. Quand le violon s'arrête, personne ne parle, on n'applaudit même pas. C'est trop. Personne n'a jamais rien entendu de pareil.

Alban les laisse un peu mariner. Ce succès l'amuse. Les ficelles qu'utilisait Paganini pour impressionner le public fonctionnent donc toujours. Il est vrai que ses quatre voisins ne mettent jamais les pieds au concert, il est d'autant plus facile pour un homme de l'art de leur en faire accroire. Alban a quitté son expression démoniaque et il sourit.

- Eh bien imaginez à présent que ceci n'est qu'une pâle imitation du maestro. Vous multipliez par dix l'effet que cette musique vous a fait et vous aurez une petite idée de qui était vraiment Niccolò Paganini.

- C'est dingue !

La formule de Clara, un poil décalée, traduit exactement l'état d'esprit de chacun. Et bizarrement, alors qu'Alban n'a objectivement apporté aucun élément concret dans l'enquête, tous ont l'impression d'avoir avancé d'un grand pas.

C'est d'une voix encore émue que Joël prend la parole pour faire partager aux autres ses découvertes de la semaine. Les sites que le corbeau lui a proposé de restaurer sont tous des endroits où le cadavre du musicien a été caché après sa mort : la pointe Saint-Hospice, le Lazaret, d'où le nom de *Paganini* qu'on a donné à la tour, sa maison de famille à Romairone, près de Gênes, et enfin sa propriété de Gaione à Parme. Pour Saint-Ferréol, rien n'est certain, seul l'écrivain Guy de Maupassant accrédite cette histoire de corps enseveli sur l'îlot pierreux.

- Ce n'est pas fini.

Joël s'enflamme, on ne l'arrête plus. Tous les autres sont plus ou moins tombés, au cours de leurs recherches, sur cette affaire de cadavre disparu, mais ils font semblant de la découvrir. Un tel enthousiasme, ça se respecte. Et puis l'histoire est tellement extraordinaire qu'on se plaît à l'entendre une fois encore.

- Trente-six ans après la mort de Paganini, figurez-vous que le pape Pie IX le réhabilite. On le sort de sa sépulture de fortune et il est enfin enterré religieusement au cimetière de la Steccata près de Parme. Mais vingt ans plus tard, ce cimetière passe dans le domaine privé et on déterre de nouveau le corps pour le transférer à celui de la Villetta. Jamais des os n'auront été autant transbahutés. Ne croyez pas que l'affaire s'arrête là. Comme de plus en plus d'historiens contestent l'authenticité du squelette, on ouvre encore la tombe deux fois. Une fois en présence du fils de Paganini, Achille, en 1893, et une autre fois pour le centenaire de sa mort, en 1940. Même aujourd'hui, il y a des gens pour douter, on n'a pas fait de tests ADN.

Marie-Pierre, rêveuse, s'arrête sur un point.

- J'avais bien noté aussi l'existence de ce fils. La mère était une certaine Antonia, une chanteuse milanaise je crois. Paganini l'aurait même payée pour qu'elle abandonne ses droits sur le gamin, parce qu'il voulait le garder pour lui tout seul. Quelqu'un sait ce qu'il est devenu, cet Achille ?

- J'ai lu qu'il avait suivi son père dans toutes ses tournées, jusqu'à son installation à Nice, et qu'il est resté avec lui jusqu'à sa mort.

- Un bon fils, dit Gérard. Mais Paganini avait peut-être d'autres enfants. Il collectionnait les femmes, paraît-il. Il y en aurait même une qui lui aurait refilé la chtouille.

Les autres lui font les gros yeux en désignant discrètement Clara.

- Ça va, je ne suis plus un bébé ! Je sais ce que c'est que la syphilis ! Il y en a qui disent que c'est ça qui a rendu le larynx de Paganini tout pourri, et pas le syndrome de Marfan. Toi aussi, Alban, tu as la chtouille ?

Les gros yeux, cette fois, c'est pour Clara. Pose-t-on ce genre de question aux gens ?

- Mais vous êtes vraiment coincés, les gars ! Vous en êtes encore à penser qu'il y a des maladies honteuses ? Vous voulez brûler les gens qui ont le Sida ?

Bien sûr que non ! Ce n'est pas le genre des Amis du 23.

- Je n'ai pas la *chtouille*, mademoiselle Clara, dit Alban, amusé. Mon toubib pense que c'est bien la maladie de Marfan qui a rendu mon larynx *tout pourri*.

Marie-Pierre ramène tout le monde au sujet qui l'a interpellée.

- Alors Joël, dis-nous. Le fils de Paganini, cet Achille, le seul qu'on lui connaisse, en tout cas, est-ce qu'il a eu une descendance ?

- Oh oui, il a eu dix enfants, je crois. Pourquoi ? Tu penses que c'est important ?

- Évidemment. S'il y a plein de petits Paganini dans la nature, il y en a peut-être un qui est obsédé par

son ancêtre au point de nous envoyer des messages à son sujet, sous prétexte qu'on habite là où il est mort.
- Un déséquilibré ?
- Il faut croire. Ou une folle. Mais ce qu'il ou elle nous veut exactement, ça, je ne sais pas.

C'est encore Clara, inspirée sans doute par la sainte diablesse Lisbeth Salander, qui propose une explication.
- Nos messages ont tous un point commun : la mort. Celui d'Alban évoque une maladie et un hôpital, celui de Joël des tombeaux, celui de Gérard un cadavre disparu. C'est dans celui-ci à mon avis que le corbeau nous pose la question qui le préoccupe : où est le corps ? Je crois que ce qu'il veut, c'est que nous nous lancions à la recherche du cadavre de son aïeul. Il pense comme beaucoup de gens que celui de Parme n'est pas le vrai.

Un silence accueille les réflexions de Clara.
- Marie-Pierre a reçu une recette de cuisine. Pourquoi ?
- Ce qui est important, c'est la phrase ajoutée par le corbeau. Ce péché de gourmandise à se damner, comme l'enfer où il me donne rendez-vous, font penser au jugement dernier, donc à la mort.
- Pas faux, dit Gérard. C'est peut-être aussi une allusion à l'immoralité du violoniste, friand de bonne chère autant que de bonnes femmes. Si on ne sait pas où est son corps, son âme, elle, est sûrement en enfer.

- Possible, dit Marie-Pierre, mais à mon humble avis il y a une autre raison. Si le corbeau veut que nous retrouvions le corps de son ancêtre, c'est parce qu'il met en doute les causes officielles de sa mort. Il ne croit pas à la thèse du choléra. Il soupçonne un meurtre. J'ai cru comprendre que l'opinion des Niçois sur Paganini était divisée. S'il était adulé par certains, et surtout par certaines, il était détesté par d'autres. Quelqu'un a pu profiter de l'épidémie pour se débarrasser de lui. Le corbeau pense peut-être à un poison mélangé à un plat de raviolis. Je verrais bien une farce à base de plantes toxiques. Chercher des recettes, même de poison, ça c'est dans mes cordes. Je vais m'en occuper. Et toi, Alban, tu connais bien ton médecin, tu pourrais le cuisiner pour savoir si les symptômes d'une intoxication alimentaire peuvent être confondus avec ceux du choléra. Est-ce que nous pourrions travailler ensemble sur ce point ?

Alban opine, ravi. Du moment qu'on ne lui demande pas de faire des recherches sur le syndrome de Marfan ! Il a aussi son idée, qu'il préfère garder pour lui : Paganini, violoniste extraordinaire mais aussi comédien accompli, avait réussi à attirer les foules à ses concerts en faisant croire qu'il était le diable. Il était lui-même à l'origine de la rumeur. Et si ce manipulateur de génie avait mis en scène sa propre mort ? Évidemment, il n'aurait pas pu cacher son propre cadavre. Donc il n'était peut-être pas mort, du moins pas ce jour-là, le 27 mai 1840, et pas ici, au 23 rue de la Préfecture à Nice.

Gérard tient à ajouter sa pierre à l'édifice.

- C'est le message de Clara qui fournit la clé de l'endroit où il faut chercher. Le diable l'attend au fond de l'enfer. Le corbeau donne sûrement un sens figuré à ce mot. Peut-être un lieu où son ancêtre a été malheureux et où on l'aurait ensuite enterré. Pourquoi pas l'Opéra ?

- Impossible, dit Alban. L'Opéra actuel a été entièrement reconstruit bien après sa mort. Un incendie avait détruit l'ancien. C'était pendant une représentation de *Lucie de Lammermoor*. Un drame terrible. Il y a eu deux cents morts. Si le cadavre de Niccolò avait été caché là, on l'aurait retrouvé parmi les autres corps quand on a essayé de les identifier. Ou plus tard, au moment des travaux. Son squelette aurait été facile à reconnaître, avec sa maladie.

- Attends, l'interrompt Clara. C'est une œuvre de lui, Lucie de ch'ais pas quoi ?

- Non, c'est un opéra de Donizetti.

- Ah ! Dommage.

- C'était en quelle année, cet incendie ? reprend Gérard.

- En 1881.

- Quarante ans seulement après la mort de Paganini. L'assassin était peut-être encore vivant. Il a pu mettre le feu à l'Opéra a posteriori pour faire disparaître définitivement le corps.

- Bien joué, Gérard !

Si Joël manifeste son enthousiasme, Alban ne valide pas cette hypothèse.

- À l'époque, l'enquête a conclu à un accident dû à une fuite de gaz au niveau de la rampe de scène, non à un acte criminel. Et puis Niccolò était heureux de jouer dans l'ancien théâtre, que je sache. Il n'y a aucune raison de suggérer que ce lieu ait pu être un enfer pour lui.

- Peut-être pas avant sa mort, mais après, si ! fait remarquer Marie-Pierre. Si on a voulu détruire son corps par les flammes, le mot convient parfaitement.

Mais Clara n'est pas plus satisfaite qu'Alban.

- On est bien d'accord, on n'a pas retrouvé son squelette à l'époque. Soit il n'a jamais été planqué à l'Opéra, soit il a entièrement brûlé dans l'incendie. Comment voulez-vous que nous, maintenant, on puisse dégoter quoi que ce soit ? Encore moins avec cette énorme bâtisse qui a été reconstruite sur les ruines de l'autre ! Le corbeau doit bien savoir que c'est impossible. Alors pourquoi nous enverrait-il le chercher là-bas ? Il faut encore réfléchir sur cette histoire d'*enfer*. Maintenant qu'on a compris que le diable, c'était Paganini lui-même, il faut trouver où exactement il me donne rendez-vous.

Marie-Pierre, songeuse, fait une nouvelle tentative.

- Tu sais qu'il y a une rue Paganini à Nice ? C'est peut-être là qu'il t'attend, tout simplement.

- Elle est près d'ici, cette rue ?

- Pas vraiment. Elle monte vers la gare. Paganini y a peut-être vécu avant d'habiter ici.

- Attendez, je cherche, propose Joël, qui attrape son

smartphone... Apparemment, non, aucun rapport avec les circonstances de sa vie.

- Dans cette rue, il y a le théâtre de la Cité, insiste Marie-Pierre. On y donnait peut-être des concerts autrefois.

Gérard fait remarquer que cette salle n'existait pas quand il était jeune. Enfin oui, elle existait, mais c'était un cinéma, le Rex. Il y a vu quelques films pornos à une époque. Bref, l'invention du cinématographe par les frères Lumière ayant eu lieu cinquante ans au moins après la mort du violoniste, et l'industrie ayant mis encore au moins quarante ans pour se développer, ce Rex n'a pas pu être ouvert avant les années 1930. Aucun rapport possible avec le musicien. Clara prend acte.

- Aucune raison donc de qualifier ce théâtre ou cette rue d'*enfer* si Paganini n'y a ni joué, ni vécu. Pourtant, ce mot, c'est la clé. Gérard a raison quand il dit qu'il n'est pas choisi au hasard. Mais je ne crois pas à un vague sens figuré. L'allusion est sûrement plus directe. Il faut faire la liste de tous les endroits et œuvres d'art qui évoquent l'enfer dans la région. Moi, je veux bien chercher les lieux. Seulement je n'y connais rien en peinture. Joël, si tu veux, on peut travailler ensemble sur le sujet.

- Pourquoi pas ? Même si depuis le début je ne suis pas convaincu par votre histoire d'un descendant de Paganini qui aurait orchestré tout ça. S'il recherche vraiment le corps de son ancêtre, il n'a qu'à exposer le problème sur la scène publique, en parler à la presse, convoquer des historiens de la musique, des archéologues, porter plainte, demander des tests ADN ou je ne sais quoi. Pourquoi s'adresser à nous ?

- Parce qu'on ne demandera pas d'argent. Parce qu'on habite là où le musicien vivait. Parce que parmi nous, on a un spécialiste du violon. Parce qu'on ne lui demandera pas de fournir des preuves. Parce qu'il sait qu'on sera motivés. Parce que, vous voulez que je vous dise ? On est même complètement accros à cette enquête. On ne va pas lâcher le morceau au bout de trois jours comme le feraient des journalistes une fois l'effet d'annonce passé. Et puis la voie officielle, elle a déjà été testée. Si on a déterré le corps deux fois, c'est bien parce que le fils de Paganini l'a demandé. Ça n'a abouti à rien. Si un descendant a décidé de reprendre le flambeau, il ne sait plus vers qui se tourner. Et il nous a choisis.

- Et pourquoi ne va-t-il pas lui-même déterrer ce cadavre, s'il sait où il est ?

- Parce qu'il est seul. Nous, on est une équipe.

- Mais pourquoi ce jeu de piste ridicule, pourquoi ne pas venir nous voir pour nous en parler directement ?

- Ah, parce que toi, si un mec t'accoste en te demandant de partir à la recherche du cadavre de Paganini, mort il y a deux cents ans, tu lui dis *Oui, Monsieur, pas de problème, j'y vais* ?

- Peu de chances, en effet.

- Tandis que là, mine de rien, on a déjà commencé le boulot, et on est bien décidés à le finir. Vrai ou faux ?

- On a commencé le boulot, mais on n'est pas allés

bien loin. Si le cadavre de Paganini n'est pas où il est censé être, c'est-à-dire à Parme, nous n'avons aucune idée de l'endroit où il se trouve. Je ne me vois pas creuser le sol du Lazaret ou de la chapelle Saint-Hospice pour voir s'il y est toujours enterré, et encore moins profaner des tombes à Gênes ou à Parme. Pour me retrouver en taule en Italie, non merci ! Et s'il faut sonner à toutes les portes de l'avenue des Diables bleus ou rouges, s'il faut faire des fouilles partout où il y a un tableau qui représente l'enfer dans les Alpes-Maritimes et pourquoi pas de l'autre côté de la frontière italienne, on est mal barrés !... Enfin, je veux bien établir la liste avec toi, Clara, si ça peut te faire plaisir.

- Pour ne pas trop se disperser, il faudrait en savoir davantage sur les circonstances précises de cette fameuse mort, dit Gérard. Vous avez trouvé beaucoup de renseignements sur Internet, mais ici nous sommes à Nice, mieux placés que n'importe qui pour savoir ce qui s'est passé. Je me charge de consulter les archives de la ville.

Les rôles sont distribués. Les Amis du 23 vont être bien occupés dans les jours à venir.

* * *

Les répétitions du Philharmonique ont lieu le plus souvent le matin. Mais on ne mobilise pas toujours l'ensemble des musiciens. Comme trop souvent, Alban est resté sur la touche. Il ne participera pas au prochain concert. Il a du temps de libre depuis deux jours. Marie-Pierre, elle, a des horaires assez chargés à la banque. Ils n'avancent pas à la même vitesse. Elle n'a encore rien fait quand Alban vient lui raconter ses avancées dans l'enquête.

Il s'est plaint à son médecin de s'être senti mal après avoir mangé des champignons et un mesclun un peu suspect. Il voulait savoir s'il ne s'était pas empoisonné. Le toubib a énuméré les symptômes de l'intoxication alimentaire : troubles digestifs, nausées, vomissements, respiration difficile, toux.

- J'ai dit qu'à part ma toux chronique, je n'avais rien de tout ça. Ensuite j'ai fait semblant de me demander si je n'avais pas plutôt attrapé le choléra. Il a cru bon de me rassurer, je n'avais sans doute ni l'un ni l'autre, parce que les symptômes étaient pratiquement les mêmes, à quelques nuances près : les diarrhées des cholériques ont une couleur *eau de riz* et leurs vomissements se produisent en jet.

- Comment veux-tu qu'on sache de quelle couleur étaient les selles de Paganini ?

- Je continue. Il n'y a pas de toux parmi les symptômes du choléra, mais ça ne veut rien dire, parce Paganini en souffrait de façon chronique à cause du syndrome de Marfan, exactement comme moi. Inversement, les yeux des cholériques s'enfoncent dans leurs orbites, mais mon confrère les avait naturellement creux, toujours pour la même raison. Tu n'as qu'à me regarder. En revanche, soif intense et déshydratation importante, qui sont les conséquences de la diarrhée, se retrouvent dans les deux cas. Conclusion, Marie-Pierre, tu as raison. Il est possible que Paganini soit mort empoisonné et qu'on ait pris ça pour une atteinte de choléra, quelle que soit la couleur de ses selles.

Un genre de conversation à couper l'appétit, même d'une Marie-Pierre. Pour la première fois depuis longtemps, elle a l'impression qu'elle va aller se coucher sans dîner. Impensable ! Alors elle invite Alban à rester pour partager plus tard la tranche de porchetta qu'elle s'est achetée en sortant du travail. En attendant, ils étudieront ensemble les plantes toxiques. Ils se répartissent les recherches. Marie-Pierre prête son PC à Alban. Elle utilisera son téléphone. Maître-Queux s'installe sur le tapis pour faire sa toilette. Un seul visiteur, ça peut encore passer.

Aconit, laurier-rose, muguet, ricin, grande ciguë, lierre, colchique, gui, belladone, chèvrefeuille, raisin d'Amérique... Ils dressent la liste des plantes les plus vénéneuses de la région. Ils décident d'éliminer l'aconit, la ciguë et le laurier rose qui provoquent des troubles cardiaques plutôt que digestifs. Impossible de confondre avec le choléra. Les colchiques sont évincés à leur tour. On les trouve à la fin de l'été, pas au mois de mai. Le ricin a un goût abominable que Paganini, fin gastronome, aurait sûrement repéré dans ses raviolis. À rayer aussi de la liste. Il en reste six.

- Je vote pour le muguet, dit Alban. C'est bien, le muguet. Paganini est mort en mai. C'est la plante la plus courante à cette époque de l'année.

- J'ai trouvé mieux.

Marie-Pierre exulte.

- La belladone, ainsi nommée *belle dame* parce que les vénitiennes s'en distillaient une goutte dans l'œil pour rendre leur regard plus brillant. On l'appelle aussi *l'empoisonneuse*, ce qui confirme ses pouvoirs. Mais elle a un troisième nom. Devine lequel.

- Je ne sais pas.

- *L'herbe au diable* ! J'en suis sûre, Paganini a été empoisonné à la belladone par quelqu'un qui a fait le rapprochement entre le pseudo de la plante et celui du bonhomme. Le diable meurt, assassiné par l'herbe du même nom. Ça en jette !

Alban n'y aurait pas songé, mais il acquiesce avec enthousiasme. Marie-Pierre est bonne gagnante.

- Tu sais quoi ? Je pense depuis le début à un mélange de plantes. Alors l'hypothèse que nous soumettrons aux amis, c'est que Paganini a été intoxiqué par une mixture de muguet et de belladone incorporée dans la farce des raviolis. Ce qui est dommage, c'est que je ne puisse pas tester la recette. Et malheureusement, ça ne nous dit toujours rien sur l'endroit où peut être caché son cadavre.

***

Joël va chercher Clara au collège. Il n'a pas endossé sa tenue de peintre maudit. Un jean et un tee-shirt passeront mieux pour ne pas faire honte à la gamine. Et il a trouvé plus astucieux que le chapeau pour masquer sa calvitie naissante : un style à la Clara, le crâne rasé. Tout juste si Nathalie, obligée de rentrer plus tôt pour s'occuper de son fils, l'a reconnu.

C'est la première fois que quelqu'un attend Clara à la sortie des cours. Les autres s'interrogent. Qui est ce mec ? Son père ? Son frère ? Les filles le trouvent pas mal. Pas son copain, quand même ! Elles sont vaguement jalouses. La carrure du maçon impressionne les garçons, qui préfèrent ravaler leurs moqueries habituelles. Intrigué, le groupe les suit de loin. Comble d'étonnement, on voit l'homme inviter la moche à manger une glace chez Fenocchio. Ils s'installent en terrasse sur la place Rossetti. Ils ont l'air bien complices. Leurs têtes se rapprochent et l'homme susurre des mots doux à l'oreille de Clara.

- J'ai laissé tomber les œuvres qui peignent le diable, il y en a trop. Je me suis concentré sur celles qui représentent l'enfer. Dans les Alpes-Maritimes, je n'ai trouvé que deux fresques sur le sujet, l'une de Brevesi et Nadal dans la chapelle des Pénitents blancs, à La Tour-sur-Tinée, et l'autre de Canavesio dans celle de Notre-Dame des Fontaines, à La Brigue.

Joël est allé sur place pour le plaisir d'admirer les fresques sublimes, mais il n'a trouvé aucun rapport entre ces deux églises et Niccolò Paganini.

- Tu es sûr qu'il n'y a pas un tableau sur l'enfer dans un endroit où le corps a été caché à l'époque, la chapelle Saint-Hospice ou la tour du Lazaret par exemple ?

- À peu près.

- Et au cimetière de Gênes ?

- On y trouve un tas de statues étonnantes qui évoquent la mort ou la douleur, mais pas l'enfer, que je sache. Seulement je n'y suis allé qu'une fois, il y a longtemps.

- Ça ne nous avance pas, tout ça. Moi, j'ai cherché dans les lieux-dits. Il y en beaucoup aussi. J'ai d'abord cru trouver la solution à deux pas d'ici, sous la tour Bellanda. L'ascenseur pour monter au Château a été installé dans un genre de galerie verticale appelée le *puits du diable*. Tu savais ça ?

- Tu me l'apprends. C'est en rapport avec Paganini ?

- Ben non. Ça s'est passé bien avant, au XVIe siècle. Il fallait de l'eau pour les châtelains d'en haut. Un mec a réussi à trouver une source en creusant hyper profond. Il a empierré tout le conduit, qui était aussi très large, pour que ça ne s'effondre pas. Personne ne comprenait comment il avait pu faire, c'était trop fort pour l'époque. En plus, la concurrence ne plaisait pas aux moines du couvent Saint-François, qui montaient tous les jours des tonnelets d'eau de leur puits pour les vendre aux gens d'en haut. Alors on a torpillé l'ingénieur en disant qu'il avait fait un pacte avec le diable, d'où le nom.

- N'empêche que le corps de Paganini a pu être caché là-dedans à un moment donné. C'est tout près de l'endroit où il est mort.

- Oui mais non. Le puits a été comblé au moment où l'armée de Louis XIV a détruit le château. On l'a rouvert ensuite mais de nouveau comblé, en 1830, dix ans avant la mort de Niccolò. Et on ne l'a retrouvé pour y installer l'ascenseur du Château qu'après la seconde guerre mondiale. C'étaient les Allemands qui l'avaient redécouvert en creusant des galeries dans la colline pour acheminer leurs armes. Donc tu vois bien, ce *puits du diable* a été inutilisable pendant toute la période où on aurait pu y cacher ce fichu cadavre.

- Dommage, c'était une piste bien tentante.

- Heureusement j'en ai trouvé une autre. Un coin intéressant dans le massif du Mercantour, avec une concentration incroyable de lieux qui ont des noms maléfiques. Tous autour du mont Bego et de la vallée des Merveilles.

- Je connais, je suis déjà allé voir les fameuses peintures rupestres. Une rando, il y a longtemps.

- J'ai relevé une cime du Diable, deux lacs du Diable, un val d'Enfer, un pas du Diable, la Malédie, l'Infernet, sans compter le lac Carbon et le lac Fourca, en rapport avec le feu et la fourche, tu vois ? Et peut-être même le lac du Trem, ça me fait penser à trembler. Tu as entendu ces noms quand tu as fait ta balade ?

- Vaguement. Ce que je revois surtout, c'est un paysage lunaire, sans végétation, des amoncellements de rochers, de l'eau qui court partout, des lacs profonds. Impossible de chercher un cadavre là-dedans.

- J'aimerais aller voir à quoi ça ressemble.

- Ça ne sert à rien, Clara. Un squelette vieux de deux siècles ne va pas nous attendre là, au milieu d'un GR. Quant à sortir des sentiers battus, c'est impensable. On ne peut pas explorer sérieusement des pans entiers de montagne ou des kilomètres de vallées, tu comprends ?

- S'il te plaît...

- Bon. Ce dimanche, je dois garder Tobias. Je compte d'ailleurs demander aux autres un report de la réunion hebdomadaire. Mais si tu veux, on peut leur proposer une rando pour le week-end d'après. Ça nous changera des réunions au 23. On dormira au refuge des Merveilles. J'y suis déjà allé. Je peux organiser ça. Mais c'est une sacrée trotte. Pas dit que les moins jeunes puissent marcher aussi longtemps. Et nous, il faut qu'on puisse se libérer.

***

Alban et Gérard se sont montrés ravis d'aller respirer l'air pur du Mercantour. La sœur de Joël a accepté en ronchonnant de s'occuper de son fils toute seule. La mère de Clara était contente que sa fille se soit enfin fait des amis pour passer le week-end mais elle ne lui a pas demandé de qui il s'agissait. Certains ados se plaignent d'avoir des parents intrusifs, Clara souffre du contraire. Une mère normale laisse-t-elle sa fille de quatorze ans partir en montagne avec des inconnus ?

Celle qui appréhendait le plus, c'était Marie-Pierre. Se lever tôt pour éviter les orages de l'après-midi, abandonner son lit douillet pour dormir à la dure dans un refuge, manger un vague sandwich sur un coin de rocher au lieu d'un bon petit plat mitonné à la maison, c'était difficile. Car elle s'est mise à la cuisine depuis le soir des raviolis et elle s'en sort plutôt bien. Le congélateur est rempli de barquettes : supions à la niçoise, *estocaficada*, fleurs de courgettes farcies... Alors un banal sandwich, non merci... Bonne idée en revanche, les fleurs de courgettes, pour un pique-nique en montagne, à compléter par un *pan bagnat*...

Finalement ils y sont, tous les cinq, sur ce chemin qui part de Saint-Dalmas-de-Tende. On passe le lac des Mesches, sur la route de Casterino, puis le torrent de la Minière... Marie-Pierre est stupéfaite de repérer sur le chemin les fleurs roses de la belladone. Elle prévient les autres de ne pas y toucher et elle en profite pour leur exposer la théorie qu'elle a échafaudée avec Alban. Cette présence de l'herbe au diable dans le Mercantour confirme que leur hypothèse est plausible. Si on trouve cette plante dans la région, il y en avait sûrement aussi il y a deux cents ans.

On longe le rocher Rouge et on prend le raccourci du val d'Enfer. Ça grimpe fort, mais il y a des escaliers taillés dans le roc et ça aide. Une cascade fait un vacarme impressionnant. On marche encore longtemps. On longe les lacs du Diable et la cime du même nom. Toutefois, aucun squelette dans les parages. Gérard attaque à tue-tête *Arthur, où t'as mis l'corps* et les autres reprennent gaiement le refrain, sauf Alban, qui n'a presque plus de voix et qui n'a pas apporté son violon. D'ailleurs, il reste un peu à la traîne, le pauvre, avec son grand corps fragile. Il faut s'arrêter de temps en temps pour l'attendre.

Le soir ils arrivent enfin au refuge des Merveilles, fourbus mais heureux. On partage les fleurs de courgettes farcies de Marie-Pierre, les premières de la saison. On rit beaucoup. On se sent bien en dépit de la fatigue. On a presque oublié le cadavre disparu, le corbeau, les messages menaçants. Aucune inquiétude n'a résisté à cette marche.

Sur le chemin du retour, le lendemain, Clara revient sur le sujet.

- Merci, Joël, de nous avoir fait faire cette balade. J'adore ce coin, avec tous ces lieux sataniques. Je me demande pourquoi il y en a autant ici ?

Gérard, qui a aussi profité de ses visites aux archives pour préparer la rando, explique.

- Il y a très longtemps, peut-être cinq mille ans, le mont Bego était un lieu de culte. On le disait habité par un dieu païen effrayant. Au Moyen-Âge, les gens ont remplacé ces vieilles croyances par les leurs. Les orages sont fréquents à cet endroit. Il se mettait à faire nuit en plein jour, des bergers se noyaient parfois dans les lacs, des troupeaux ont été foudroyés. Pour les gens de l'époque, c'était terrifiant. Il ne pouvait s'agir que d'interventions du démon.

- Ce qui est drôle, c'est qu'ils l'imaginent sur un sommet, la *cime du diable*. Ils mettaient l'enfer sur la montagne ?

- Pas si on en croit une légende du coin. Elle dit que le diable est sorti de l'enfer par l'un des lacs qui portent son nom et qu'il est allé s'installer là-haut pour rançonner et terroriser les populations alentour. Les paysans de Contes s'en seraient débarrassés en l'attrapant à la glu. Bref, dans l'imaginaire des gens, l'enfer était donc bien sous terre. Tout ce qu'il y a de plus classique !

- D'ailleurs, intervient Marie-Pierre qui, depuis qu'on a retrouvé du réseau et des chemins moins caillouteux, pianote sur son téléphone tout en marchant, je vois ici que le mot *enfer* vient du latin, *infernum*, qui veut dire *enfoui*.

Clara n'est pas convaincue.

- Je me demande pourquoi les gens se sont dit que la punition, les supplices et tout ça, ça se passait forcément dans un endroit *enfoui* ? Un bon feu en haut d'une montagne, ou pourquoi pas dans le ciel, sur une autre planète, pour faire griller les méchants, ça l'aurait fait aussi !

- C'est peut-être comme pour l'orage. La science n'avait pas encore expliqué les séismes souterrains comme les tremblements de terre ou les éruptions volcaniques, alors on cherchait des raisons à ces phénomènes. Si tu penses qu'une armée de démons entretient là-dessous des forges et des brasiers pour supplicier les damnés, c'est normal qu'il y ait du ramdam et une fuite de lave de temps en temps. Du coup, comme tu crois comprendre, tu trouves ça moins effrayant.

- C'est bizarre de t'entendre donner une explication aussi rationnelle de l'enfer, fait gentiment remarquer Joël. Je te croyais très pratiquant.

- Et alors ? Ce n'est pas parce qu'on est croyant qu'on ne sait pas faire la différence entre mythe et philosophie !

- En tout cas, moi, je pense que si on a mis l'enfer sous la terre, il y a peut-être une autre explication. C'est l'expression d'une peur. Personnellement, une idée me terrorise, je ne sais pas vous, j'y pense très souvent... C'est d'être enterré vivant.

C'est intime, comme aveu. Joël s'étonne lui-même. Il n'a jamais confessé cette faiblesse à personne. Il continue.

- J'imagine qu'on m'enfouit dans une tombe parce qu'on me croit mort. Je me réveille, je ne peux pas sortir du cercueil, je me débats et je finis par mourir asphyxié ou étouffé, avec de la terre plein les yeux, le nez, la bouche... Peut-être que les anciens étaient comme moi. L'idée d'être enfermé dans le sous-sol leur faisait peur, alors ils l'ont peuplé de démons. L'enfer, c'est juste la représentation imagée de leur angoisse.

- Oui, tout le monde a pensé à la possibilité d'être enterré vivant au moins une fois dans sa vie, dit Alban. Du coup, ce que tu dis me paraît juste. Les gens ont appelé enfer tous les endroits où on peut se sentir prisonnier. Les lieux profonds, obscurs, glauques quoi !

- En montagne, ce sont des gorges étroites, des vallons encaissés, comme ce val d'Enfer que nous avons traversé hier.

- Et dans les villes, des ruelles, des culs-de-sac, des souterrains, des égouts, des endroits dont on a peur de ne pas sortir vivant, ajoute Marie-Pierre. Quand j'étais petite, il y avait une impasse de l'Enfer à Strasbourg. Si vous aviez vu l'endroit ! Je n'y serais pas entrée pour tout l'or du monde.

Joël connaît aussi une rue de l'Enfer à Pignans, dans le Var. Il y a fait un chantier. Bizarrement, elle part de la rue de l'Église. Une venelle sombre, avec un passage voûté.

Clara réfléchit.

- Si le corbeau a voulu nous donner un indice sur la cachette du vrai cadavre de Paganini, il doit s'agir d'autre chose. Parce que tu as raison, Joël. Maintenant que j'ai vu, j'ai compris qu'il ne peut pas nous demander d'explorer des kilomètres de montagne, ni des rues entières, comme celle que tu connais à Pignans ou l'avenue des Diables bleus à Nice. Le mot enfer doit désigner un endroit plus précis, plus délimité.

- Un peu comme ce puits du diable que tu as découvert au Château, répond l'intéressé, toujours fasciné par l'histoire de cet ouvrage d'art ancien et de son constructeur visionnaire.

Clara explique aux autres de quoi il s'agit.

- Ne vous emballez pas, il faut éliminer cette piste parce que les dates ne collent pas.

- Dommage ! Un *puits*, c'est un trou enfoui sous la terre, plutôt réduit et qu'on peut facilement fouiller. C'est exactement un truc de ce genre qu'il faut trouver.

On revient rue de la Préfecture assez tôt. Clara a le temps d'aller embrasser sa grand-mère. Joël prend la relève auprès de Tobias. Marie-Pierre se dégèle une portion de tourte de blettes et Gérard s'aperçoit un peu triste que personne ne lui a demandé ce qu'il avait trouvé aux archives sur les circonstances de la mort de Paganini. Bof ! Ce n'est pas grave. Rien ne presse. Ce cadavre a disparu depuis cent quatre-vingts ans, il attendra bien une semaine de plus. Il leur expliquera tout cela à la prochaine réunion. Après avoir une fois encore écouté le CD de Reggiani, il va se coucher, heureux et fier d'avoir pu faire à son âge une randonnée aussi difficile. Quant à Alban, le bon air lui a fait du bien. Ce soir, la toux le tourmente moins, il respire mieux.

***

Gérard a souhaité que la réunion hebdomadaire se tienne chez lui car il a rassemblé quelques documents.

- Ce que j'ai trouvé de plus intéressant aux archives sur la mort de notre ami Niccolò, c'est le rôle qu'a joué dans cette histoire Hilarion Spitalieri de Cessole.

Gérard explique. Il y a pris goût dans le Mercantour. Cette fonction lui va comme un gant. S'il n'était pas devenu commerçant, il aurait aimé être instituteur.

- Le comte de Cessole était un notable niçois puissant. On l'appréciait beaucoup, ici à Nice, parce que c'était une vraie teigne quand il s'agissait de défendre les intérêts de la ville et les libertés des Niçois contre le royaume de Piémont-Sardaigne, auquel le comté appartenait alors. Il a été conseiller municipal et surtout président du Sénat de 1835 jusqu'à sa mort en 1845.

- Une huile, quoi ! Et pile à l'époque où Paganini est venu s'installer à Nice.

- Ce n'est pas par hasard. C'est justement cet Hilarion de Cessole qui l'a fait venir ici pour le sortir d'une sale affaire dans laquelle il était impliqué en France. Un scandale financier. Il l'a hébergé dans la superbe villa qu'il venait de se faire construire avenue Sévigné, là où il y a l'évêché maintenant. Ensuite, il a mis à sa disposition un appartement ici, au 23 rue du Gouvernement. C'était le nom de la rue de la Préfecture à l'époque. Tout le pâté de maison appartenait à la famille de Cessole.

- Pourquoi est-ce qu'il faisait tout ça pour lui ?

- Hilarion, c'était un mécène. Il protégeait un tas d'artistes. En plus, il considérait Paganini comme son ami personnel. Niccolò lui donnait des cours de violon, ainsi qu'à son fils Eugène. En échange, le notable organisait des concerts chez lui ou au théâtre de la ville et offrait l'occasion au virtuose de se produire devant un vaste public.

- Tu dis qu'il a joué un rôle dans sa mort ?

- Avant sa mort, je ne sais pas, mais après, c'est sûr. Un grand rôle même. Une seule institution échappait à son pouvoir, à ce comte de Cessole, c'était l'Église. Alors quand l'évêque de Nice, monseigneur Galvano, a refusé la sépulture chrétienne à Paganini, il n'a rien pu faire. Il est seulement intervenu pour que le corps ne soit pas jeté dans le Paillon. C'est lui qui l'a fait embaumer et qui l'a caché un temps ici, au 23, dans la cave, puis ensuite dans une cuve à huile de sa propriété de l'avenue Sévigné, en attendant que ses tractations aboutissent auprès des Génois puis du Pape. Le problème, c'est que la saison des olives arrivait et que ça craignait, ce cadavre dans la cuve à huile. C'est pour ça qu'Hilarion a fait transporter le corps à la chapelle Saint-Hospice, puis au Lazaret de Villefranche, où un cadavre de plus ou de moins n'attirerait pas l'attention. Enfin dans tous les endroits que Joël a déjà explorés.

- Mais à l'époque, on pouvait trimballer des cadavres comme ça, sans être inquiété ?

- C'est pour ça que je vous parle de ce notable et du rôle essentiel qu'il a joué. S'il n'avait aucun pouvoir sur l'Église, il avait dans sa poche la police et les institutions médicales. Il était président du Magistrat de Santé, un organisme chargé de lutter contre le choléra. C'est même lui qui avait décidé des mesures à appliquer contre l'épidémie : désinfection des habitations, cordon sanitaire au pont du Var, quarantaines ciblées et isolement des malades à l'hôpital de Villefranche, où il était pratiquement chez lui.

- Tu veux dire qu'il était comme cul et chemise avec les toubibs de l'époque ?

- C'est certain.

- Alors, s'il avait voulu faire passer un empoisonnement pour une attaque de choléra, il aurait pu ?

- Sans doute. Mais pourquoi aurait-il couvert le meurtre de son ami ?
- Ou alors, dit Joël, il a flairé justement l'assassinat, et il a caché le corps pour éviter que les coupables ne fassent disparaître les preuves en le jetant à la baille.

Marie-Pierre trouve là confirmation de ce qu'elle subodore depuis le début.
- On a donc bien empoisonné Paganini pour débarrasser Nice de celui qu'on prenait pour une incarnation du diable. Vous croyez que les curés étaient dans le coup ?

L'hypothèse choque Gérard. Des fidèles fanatiques, il y en a à toutes les époques et dans toutes les religions, mais de là à accuser l'Église elle-même d'assassinat !
- Moi, j'envisagerais plutôt la vengeance d'un mari trompé. Vu le palmarès du bonhomme en matière de femmes, il a pu se faire des ennemis.

Alban ne rejette pas l'hypothèse. Le cas s'est déjà produit dans l'histoire de la musique, et pas qu'une fois. Les musiciens sont passionnés et plaisent aux dames, semble-t-il.
- Ne riez pas, je ne parle pas de moi.

Personne n'a songé à rire, à dire vrai.
- Je pense à Alessandro Stradella. C'était un bon compositeur, très apprécié au XVIIe siècle. Il avait même été embauché par la reine de Suède. Seulement, partout où il passait, les adultères se multipliaient. Quand il est revenu en Italie, on a fini par le chasser de Rome. À Venise, il a échappé aux

sbires commandités par un mari jaloux, mais c'est à Gênes que ses frasques l'ont rattrapé. Il a fini assassiné par un autre pauvre cornu. Peut-être que les maris niçois en avaient assez, à leur tour, des fredaines de Paganini.

Joël acquiesce mais refuse de rejeter pour autant l'autre hypothèse, celle de la culpabilité de l'Église. Et Alban, qui connaît la musique, la juge aussi plausible que la précédente.

- Il est vrai que les curés, comme dit Marie-Pierre, n'ont pas été tendres avec Paganini. On les avait appelés pour l'extrême-onction. Le mourant était dans un état pitoyable mais ça n'a pas empêché le chanoine qui entrait dans la chambre de l'apostropher en disant *Ah, ah, Moussu Paganini, ahura es plus l'oura de sounà lou zounzoun*[3] ! C'est pour ça que Niccolò, qui n'était déjà pas trop grenouille de bénitier, pardon Gérard, a retrouvé la force de l'envoyer paître. Et c'est pour ça qu'il n'a pas reçu les derniers sacrements.

Personne n'a besoin qu'on lui traduise la phrase. Tout le monde a compris, même Marie-Pierre, qui n'a jamais entendu parler niçois.

Alors, mari trompé ? Ou femme jalouse ? Exécution commanditée par l'Église ? Comment savoir, si longtemps après...

- En tout cas, nous ignorons toujours ce qu'est devenu le corps.

- Oui.

Ce qu'a raconté Gérard sur le rôle d'Hilarion de Cessole et la discussion qui a suivi ont été passion-

3 - Ah Ah, monsieur Paganini, à présent ce n'est plus le moment de jouer du crincrin !

nants mais l'enquête n'a pas avancé. Pourtant, Clara, qui a peu participé aux débats, a retenu de tout ce fatras une information qu'elle a bien l'intention de creuser.

***

Il est vingt heures. L'émule de Lisbeth Salander n'est pas encore rentrée chez elle. Hier, mardi, elle a pris ses précautions. Elle a confié ses clés à Alban et lui a demandé de passer le lendemain jeter un coup d'œil sur sa grand-mère. Ce qu'elle avait à accomplir était très important et lui prendrait toute la journée. Ce matin, elle a séché les cours. De toute façon, plus personne ne va en classe le 16 juin. C'est bientôt le brevet, on tolère que les élèves restent chez eux pour réviser. Les autres en profitent plutôt pour aller à la plage mais Clara a bien d'autres chats à fouetter.

Par acquit de conscience, elle a d'abord entrepris la tournée des bibliothèques de la ville. Au cours de ses recherches, elle a appris en effet que dans ces institutions, l'enfer désigne une pièce où l'on remise les livres interdits pour qu'ils ne tombent pas entre n'importe quelles mains. Mais à Raoul-Mille elle s'est heurtée à un vieux réac.

- Pensez-vous ! L'*enfer* n'existe plus depuis longtemps dans les bibliothèques. L'État a renoncé à toute forme de censure. Un laxisme scandaleux qui gangrène notre société. Vous devriez avoir honte de vouloir lire des livres érotiques à votre âge !

Clara a laissé tomber la piste des livres et elle est passée au volet B de son plan...

Madame Portal revient du travail. Il est vingt heures trente, pourtant elle ne s'inquiète guère de ne pas voir sa fille. Elle la trouve un peu bizarre ces temps-ci mais elle attribue ces sautes d'humeur à l'âge.

Vingt et une heures. Clara est enfin de retour. Elle fonce directement dans sa chambre, bouleversée, partagée entre exaltation et affolement. Elle ne veut pas que sa mère la voie dans cet état. Les aventures de Lisbeth, c'est du roman. Dans la vraie vie, il n'est pas si facile de gérer ses émotions. Clara doit absolument parler à ses amis. Seulement, mercredi n'est pas jour de réunion. Elle sent la panique la gagner. Tant pis. Elle va mettre en route la procédure d'urgence.

Elle file discrètement dans la cuisine chercher une casserole et une cuillère, revient dans sa chambre, ouvre la fenêtre. Deux coups, trois coups. Pas de réaction. Elle recommence, un peu plus fort. Le père Rufus ouvre sa fenêtre et crie des insanités. Clara attend qu'il referme pour lancer une nouvelle fois le signal. Enfin, ça bouge un peu partout. Des mains se tendent à travers les ouvertures, pouce levé. Ils ont compris. Le rendez-vous, en cas d'alerte, est prévu chez Marie-Pierre.

- Maman, je sors.

Clara a fait un gros effort pour contrôler sa voix.

- D'accord ma chérie. Amuse-toi bien.

Chez Marie-Pierre, on se presse autour de l'adolescente. C'est la première fois que l'un d'entre eux active le plan d'urgence. Que se passe-t-il ?

- Ça y est, je l'ai trouvé !

Elle doit s'asseoir, reprendre son souffle, l'émotion est trop forte.

- Quoi donc, Clara ?

- Lui, Paganini, je l'ai trouvé.

Les questions fusent : *Où ? Quand ? Comment ?* Sans compter les *Qu'est-ce que tu racontes ? Les Tu deviens folle, ma petite Clara ! Tu dis n'importe quoi ! les Explique-nous, enfin !*

- Je l'ai vu, je vous dis ! J'ai fini par comprendre ce que voulait dire le message que j'ai reçu. C'est quand Gérard a parlé d'une cuve à huile, où Hilarion aurait fait cacher le corps. J'ai repensé à ce qu'on avait dit quand on était dans le Mercantour. On appelle *enfer* les lieux profonds, obscurs, glauques, comme on imagine le puits du Diable de la tour Bellanda. Comment c'était une cuve à huile ? Je ne savais pas, j'ai cherché. Et j'ai trouvé que l'*enfer*, c'est le nom qu'on donne à une partie enfouie des moulins à l'huile, un endroit lugubre, qui fait peur. J'y suis allée et je l'ai vu.

- Mais Clara, tu es allée où ? Raconte-nous calmement, depuis le début.

- Depuis le début ? Mais c'est long, il y a urgence !

- Mais là on ne comprend rien à ce que tu dis. Alors, vas-y.

- Bon. J'ai fauché le vélo de Joël dans la cave, pardon Joël, et je suis allée à l'évêché, l'ancienne maison d'Hilarion de Cessole. Dans le parc, il y a une villa plus petite, construite par son petit-fils, Victor. C'est la Maison de L'Environnement maintenant. Les gens avaient l'air sympa, je leur ai posé des questions. Ils m'ont montré une chapelle qui aurait abrité le corps de Paganini, mais d'après eux c'est une légende. En tout cas, elle est minuscule, pleine de vélos et je n'ai vu aucune cachette possible. Il y avait peut-être un ancien moulin à cet endroit, mais on ne sait pas où. Tout a disparu. Alors j'ai cherché où il pouvait y en avoir d'autres, des moulins. Il y en a pas mal dans la région, mais j'étais à vélo, je ne pouvais pas sortir de Nice. J'en ai trouvé un boulevard de la Madeleine. Il est fermé en cette saison mais il ouvre de temps en temps pour les touristes. Ça tombait bien, il y avait un groupe scolaire qui visitait. Je me suis incrustée. J'ai demandé à voir l'*enfer*. Le moulinier m'a dit que c'était interdit au public mais j'ai pleuré en disant que j'en avais besoin pour préparer mon oral du brevet. Il a été gentil et il m'a montré. C'était glauque, ça oui, mais il n'y avait que des cuves vides, des rouages, des bidons. Je suis partie...

Clara se tait, comme perdue dans un rêve déroutant. Les autres respectent son silence, mais l'inquiétude les gagne.

- Sur Nice même, il ne me restait plus que les ruines d'un vieux moulin à visiter, rue Charles Baudelaire, près de l'ancien stade du Ray. Je l'avais gardé pour la fin parce que l'adresse me semblait lourde de sens mais aussi j'avais peur, je repoussais le moment d'y aller.

- Pourquoi lourde de sens ?
- À cause de Baudelaire, l'auteur des *Fleurs du Mal*. Déjà le titre du bouquin en dit long. En plus, dans le dernier poème, *Le Voyage*, il s'adresse à la mort et il lui dit *Verse-nous ton poison pour qu'il nous réconforte*. Du *poison*, vous vous rendez compte ? Après, il ajoute qu'il veut *Plonger au fond du gouffre, Enfer ou Ciel, qu'importe ?* Alors un moulin, possédant un *enfer*, et situé rue Baudelaire, c'était l'endroit qu'on cherchait, ça m'a paru évident. Et c'est là que je l'ai trouvé.

Gérard essaie de calmer le brouhaha général en prenant la parole le plus posément possible.
- Qu'est-ce que tu as découvert exactement, Clara ?
- Lui, le cadavre de Paganini, répond-elle patiemment.
- Décris-nous précisément ce que tu as vu.
- Je ne me suis pas approchée, j'ai eu trop peur, mais assez pour voir un corps d'homme allongé par terre, au milieu des ruines, derrière un genre de voûte. Il était très grand, très maigre, enveloppé d'une cape noire, avec des cheveux longs et moches qui lui couvraient toute la figure. Et la preuve que c'était lui, c'est qu'il y avait un violon juste à côté.
- Mais Clara, tu réalises que Paganini est mort il y a cent quatre-vingts ans ? Si tu as vu son corps, ce ne pouvait être qu'un squelette. C'est bien un squelette que tu as vu ?
- Non. J'ai bien vu ses mains. Les doigts étaient longs et maigres, couverts de terre, mais ce n'étaient pas des os, ça j'en suis sûre.

- Et le violon, il était comment ?

- Je peux pas dire. Il faudrait qu'Alban le voie.

- Au fait, il est où celui-là ? Il est toujours en retard ! Même quand il y a plan d'urgence.

Un silence se fait. Pesant. Tout le monde cherche des yeux la silhouette familière. L'arrivée d'Alban est peut-être passée inaperçue au milieu de l'agitation générale. Marie-Pierre laisse toujours sa porte entrebâillée quand il y a réunion. Ou bien il était à l'Opéra et il n'a pas entendu les coups dans la courette. Mais personne n'y croit déjà plus.

- Clara, est-ce que tu as prévenu quelqu'un de ta découverte ?

- Qui voulez-vous que je prévienne à part vous ?

- Si tu as trouvé un cadavre, il faut appeler la police.

- Attendez, si je leur dis que j'ai trouvé le corps de Paganini, mort depuis cent quatre-vingts ans, ils vont penser quoi ?

- Clara, arrête de te mentir. Tu as bien compris, comme nous tous ici, que ce cadavre, si tu en as vraiment vu un, ne peut pas être celui de Paganini. Que cet homme vient d'être tué. Que comme par hasard, son corps se trouve dans l'un des lieux sur lesquels nous enquêtons...

- Mais... Alors... Vous voulez dire que ce serait...

- Emmène-nous. On va aller voir et puis après on ira tous ensemble à la police.

- Il est tard...

- On emporte des lampes de poche.

Les quatre amis prennent le tram et montent vers l'ancien stade du Ray. Les ruines du moulin Baudelaire sont perdues au milieu de la résidence Saint-Maurice. De grandes barres d'immeubles, pleines de fenêtres. Tant pis si leur groupe équipé de lampes torches attire l'attention. La situation est trop grave pour qu'on prenne des précautions.

Mais Clara est prise en défaut. Elle reconnaît parfaitement les lieux. Pourtant, pas le moindre cadavre. On cherche, on fouille.

- Il était juste là, je vous dis.

Elle montre, entre une tour en ruine et les restes d'une cuve en pierre, un espace rectangulaire à moitié caché par une belle arche en plein cintre. Les autres échangent des regards expressifs. La petite est trop impressionnable. Ils n'auraient jamais dû, eux, des adultes, l'entraîner dans cette aventure. Ils savent depuis le début que les messages n'étaient qu'une mauvaise blague, que cette histoire de cadavre disparu ne tient pas debout, qu'ils se sont lancés dans cette aventure parce qu'ils crevaient de solitude, que ce n'était qu'un jeu. Mais la gamine, elle, a pris les choses à cœur. Et si un riverain appelle les flics et qu'ils se font arrêter parce qu'ils fouinent dans le quartier en pleine nuit, qu'est-ce qu'ils vont raconter ? Et la mère de Clara, qu'est-ce qu'elle va dire si elle doit aller récupérer sa gamine au poste ? Alban, qui leur a fichu une trouille pas possible, a dû rentrer chez lui à l'heure qu'il est. Il a de la chance d'avoir échappé à cette virée inutile et risquée...

Mais Alban ne rentre pas ce soir-là. Ni le lendemain, ni les jours suivants. Au Philharmonique, ils n'ont pas de nouvelles. Il ne vient pas rendre à Clara les clés qu'elle lui a confiées et elle est obligée de raconter à sa mère qu'elle les a perdues. Inutile bien sûr de demander à sa grand-mère si le violoniste est venu la voir ce fameux mercredi après-midi...

Cette absence qui s'éternise sème le doute dans l'esprit des trois autres. Et si Clara avait raison ? Et si Alban avait été assassiné ? Et si son corps avait disparu à son tour, comme celui de Paganini ?

Deuxième partie

- Dans un moulin à huile ? Où ça ? Alziari, boulevard de la Madeleine ? Ok. Je suis presque prête. Passe me prendre, s'il te plaît.

La journée commence fort pour la commandante Audrey Serfati, du SRPJ de Nice. Il n'est même pas neuf heures. On lui sert un cadavre pour le petit déjeuner alors qu'elle s'est couchée à trois heures pour les besoins d'une enquête et qu'elle espérait bien prendre sa matinée. Il va falloir aller à l'autre bout de la ville, qui plus est.

Ce n'est pas très loin en réalité, mais Audrey déteste les déplacements en voiture. Elle a contraint toute la famille à venir habiter boulevard Saint-Roch, à deux pas du commissariat, pour pouvoir aller au travail à pied. Tous les matins elle se félicite de cette proximité, qui lui évite de posséder un véhicule personnel. Cette fois, c'est le lieutenant Gustave Berthier qui s'en réjouira. Arrivé de bonne heure au commissariat d'Auvare, il a reçu l'appel du standard et il a déjà sauté dans un véhicule de service. Il n'aura que quelques centaines de mètres à parcourir pour venir récupérer sa collègue.

- Salut ! Tu as prévenu la Scientifique ?

- Oui. Ils nous rejoignent sur place.

Le trajet se fait en silence, chacun dans ses pensées, surtout Audrey, qui tente d'oublier qu'elle se trouve dans un véhicule à moteur. Elle songe à son aîné, qui doit passer un entretien d'embauche et qui n'en menait pas large ce matin ; à la plus jeune, qui a une angine et qui devra rester seule à la maison en attendant que son père revienne du laboratoire où il travaille ; au pull en laine qu'elle a commencé à tricoter il y a six mois et qui ne comporte toujours que vingt-deux rangs ; à sa mère, qui est partie s'installer au Canada avec son nouveau mec... Son collègue, lui, repasse dans sa tête la chorégraphie qu'il va présenter au public dans deux jours, pour la première fois de sa vie. Gustave fait de la danse classique. Il ne s'en vante pas au commissariat, les moqueries iraient bon train.

Le boulevard de la Madeleine est étroit devant le moulin. On n'a rien trouvé de mieux que d'y mettre des chicanes et il n'y a pas de place pour se garer. L'équipe scientifique est là et occupe toute la rue avec ses deux véhicules surdimensionnés. Les municipaux, arrivés sur place les premiers, ont heureusement demandé à la blanchisserie voisine de déplacer les camions de linge. Ils ont bloqué la circulation et sécurisé le périmètre. Un embouteillage monstre est en train de se former car la petite zone industrielle en amont attire les semi-remorques. Les OPJ Serfati et Berthier se fraient difficilement un passage dans cette cohue, à grand renfort de sirène, de coups de klaxon et de hurlements.

Embouteillage aussi à l'intérieur du local. La salle est vaste mais ils sont nombreux à s'y agiter. Les municipaux sortent et laissent la place aux techniciens de l'identité judiciaire. C'est surtout dans la partie enfouie du moulin, une fois passée la petite porte, que la circulation est délicate. Audrey et Gustave jouent des coudes et parviennent au fond du fond. Ils découvrent l'étrange spectacle. Un corps long et maigre comme un hareng saur, portant des vêtements noirs, apparemment trop amples pour lui, occupe un genre de fosse, identifiée comme une ancienne cuve à savon par le moulinier qui a découvert le corps. Le légiste qui s'affaire depuis un moment transmet ses premières constatations.

- Il s'agit d'un homme, âgé d'une cinquantaine d'années. Pectus excavatum, arachnodactylie, dolichosténomélie, dolicocéphalie...

- Pardon, toubib, j'ai oublié mon dico à la maison. Ça veut dire ?

- Thorax naturellement enfoncé, doigts et membres particulièrement longs, crâne anormalement allongé. La victime est très maigre, on pourrait penser à une privation de nourriture pendant un temps assez conséquent. L'autopsie nous en dira plus et se révèlera sûrement intéressante.

- Il est mort de faim ?

- Pas du tout. Traces de vomissement, de salive, lèvres décolorées... Il a été empoisonné. Je n'ai aucun doute là-dessus. En revanche, il faudra des analyses pour préciser de quelle substance toxique il s'agit.

- Ça s'est passé à quelle heure selon vous ?

- Il a dû ingérer le poison entre vingt heures et vingt-deux heures et le décès est intervenu entre trois et quatre heures plus tard. Pour l'instant je ne peux pas être plus précis.

- Vous pensez qu'il a été amené ici après sa mort ou qu'il est venu sur ses deux jambes ?

- Difficile à dire. Le corps n'a pas été traîné en tout cas. Et le transporter en poids dans ce local exigu et souterrain me paraît bien difficile. Il est grand, le lascar !

Audrey s'informe auprès des premiers arrivés pour savoir s'ils ont trouvé des papiers d'identité dans les vêtements de la victime, ou son téléphone portable. Mais il n'y avait rien dans les poches, à part deux feuilles avec des notes, lui dit-on.

- Il a pris des notes ? Une chance. Montrez-moi ça.

Quand on rêve, on est toujours déçu. La victime ne leur offre pas, hélas, le commentaire détaillé des heures qui ont précédé sa mort, pas même la liste des courses ! Il y a bien des notes, mais ce sont des notes de musique, transcrites à la main, d'une écriture serrée. Les deux feuilles en sont couvertes, recto et verso.

Gustave a eu du mal à évacuer de sa tête ses entrechats virtuels et à repousser le trac qui commence à le tarauder. Il a suivi la scène plutôt distraitement et trouve la situation d'autant moins claire. Comment la victime a-t-elle fait pour pénétrer dans ce moulin alors que la grille d'entrée et la grande porte étaient fermées à clé quand le moulinier est arrivé ce matin ? Il fait un effort et interroge de nouveau l'homme, qui attend impatiemment le moment de pouvoir rentrer chez lui se remettre de ses émotions.

- Y a-t-il un autre accès à ce que vous appelez l'enfer, à part la petite porte qui vient du moulin ?
- Oui, on peut passer par le magasin de vente qui est mitoyen, mais l'employée qui le tient met l'alarme tous les soirs avant de partir.
- Et la porte extérieure du magasin n'a pas été fracturée non plus ?
- Non.
- Qui possède les clés de ce moulin ?
- Elle et moi. Il n'y a que deux trousseaux. Nous ne nous en séparons jamais.
- On vérifiera. Vous avez reçu des visiteurs, hier, en dehors des propriétaires-récoltants ?
- Des propriétaires-récoltants, aucun. Ceux qui ont apporté leurs olives hier soir les ont laissées à l'extérieur. C'est moi qui les ai rentrées avant de partir. Le moulin ne tournait pas hier. La saison devait commencer aujourd'hui. Mais des touristes, ça oui, on en a eu. Ça n'a pas arrêté de la journée. Des Allemands, des Italiens, puis des Autrichiens.
- Que viennent voir ces gens s'il n'y a pas d'olives ?
- Ils viennent visiter le lieu, les mécanismes, les rouages... C'est beau, non ? On leur passe une vidéo, on leur explique quand même le processus de fabrication de l'huile. Après ils peuvent faire des achats dans le magasin. Ils sont contents de rapporter chez eux des souvenirs gourmands.

Les deux OPJ se concertent. Audrey fait le point.

- Le mort s'est faufilé au milieu d'un groupe de touristes. S'il avait été enfermé à son insu, il aurait essayé de sortir. On ne peut pas le faire sans clé mais il y a des outils dans le moulin, il aurait pu essayer de forcer les portes. Il ne l'a pas fait. Il n'y a pas de traces de liens aux chevilles ni aux poignets, pas de traces de lutte. Il est venu ici de son plein gré. Il s'est caché et s'est laissé enfermer volontairement. La question est de savoir pourquoi l'alarme de détection de mouvement ne s'est pas déclenchée à la fermeture, et surtout ce qu'il venait faire là.

- Un cambriolage qui a mal tourné ?

- L'établissement ferme à dix-huit heures. Si cet homme est resté à l'intérieur, il n'était pas seul. Le meurtrier y était aussi, pour lui faire absorber le poison vers vingt-deux heures, sûrement mélangé à de la nourriture ou à une boisson que l'autre a ingurgitée sans broncher. Il faut croire que notre victime connaissait bien son assassin. S'il s'agit d'un cambriolage, je ne vois pas pourquoi l'un des malfrats aurait choisi d'empoisonner son complice sur les lieux du casse et y aurait abandonné le corps.

- En effet. Ce serait stupide. En tout cas, il a emporté le téléphone de la victime pour qu'elle ne puisse pas appeler à l'aide. Il faudrait pouvoir tracer ce portable.

- Il va falloir prévenir le procureur et mettre toute l'équipe sur le coup. L'urgence est d'identifier le bonhomme et de comprendre rapidement ce qu'il faisait là, avec son meurtrier, dans ce local privé d'un moulin à huile.

Audrey n'a qu'une hâte, sortir de ce moulin pour appeler son pauvre chéri, qui en a sûrement fini avec son entretien d'embauche, et sa *titoune*, qui doit commencer à en avoir assez de regarder *Gulli*.

***

- Vous avez identifié le corps du moulin grâce à des implants dentaires, c'est ça ?... Ça passe très mal. Vous êtes en voiture ou quoi ?... Il était atteint du syndrome de qui ?... Ça explique sa maigreur ? Si vous le dites... Un violoniste de l'Orchestre Philharmonique ? Je comprends mieux la présence des deux feuilles pleines de notes de musique dans sa poche. Au fait vous en avez tiré quelque chose, de ce manuscrit ?... Quoi ?... J'entends rien. Envoyez-moi le rapport. Merci.

Audrey se renseigne. L'orchestre répète en ce moment à l'Opéra. Elle pense que Gustave est tout trouvé pour enquêter de ce côté-là. Elle entend souvent de la musique classique filtrer de son ipod. Ça va lui plaire. Et puis elle, avec les musiqueux, elle a du mal. Quand elle était enfant, sa mère, qui chantait dans un chœur amateur, passait son temps à faire des vocalises et à travailler ses partitions. Elle l'emmenait le soir dans des églises où sa chorale répétait. Audrey s'ennuyait et les statues de saints qui sortaient de l'ombre l'effrayaient. Puis la fatigue venait. Elle finissait toujours par s'endormir sur un banc. Une fois, sa mère l'a oubliée là pendant ce qui lui a paru durer une éternité. Elle l'a dégoûtée à vie de toute forme de musique.

Pendant que Gustave Berthier file à l'Opéra, ravi, la commandante fait le point avec le reste de l'équipe.

- Voilà. On n'a aucune piste pour identifier l'individu qui était enfermé avec la victime dans le moulin. Parmi les empreintes récentes relevées dans l'enfer, il n'y avait que celles du violoniste et celles du moulinier. L'assassin devait porter des gants. On ne sait pas comment il s'y est pris pour quitter le moulin après avoir commis son forfait, à moins d'avoir les clés, mais les deux trousseaux existants n'ont pas bougé de chez ceux qui en ont la charge. Il ne nous reste plus qu'à explorer la vie de Mazzoli pour essayer de trouver un mobile. Qu'est-ce qu'on sait sur lui ?

- Qu'il ne possédait pas d'abonnement téléphonique. Il avait peut-être une carte prépayée, mais du coup, si l'assassin a emporté le téléphone, on ne peut pas le localiser. On sait aussi qu'il n'avait pas de famille, il vivait seul dans un studio sous les toits au 23 rue de la Préfecture.

- Voilà pourquoi sa disparition n'a pas été signalée, évidemment. On en saura plus sur ses activités professionnelles quand Gustave sera revenu, mais s'il n'y a pas eu de répétition ni de concert ces derniers temps à l'Opéra, personne n'a pu remarquer son absence au travail non plus.

- En fait, Commandante, sa disparition a bien été signalée par une main courante du 21 juin. Ici même, à Auvare.

- Quoi ? Vous ne pouviez pas le dire avant ?

Attendez, je ne comprends pas. Il y a presque quatre mois ? Une enquête est en cours ?

- Évidemment que non.

Cette question des disparitions d'adultes met toujours Audrey mal à l'aise. Sous prétexte qu'une personne majeure est libre de ses mouvements, on passe à côté de beaucoup de drames. Elle déteste renvoyer chez eux des maris éplorés, des mères en larmes, en leur assénant que leur bien aimé disparu a pu se faire volontairement la malle et les a plaqués sans explications.

- Vous avez quand même rappelé la personne pour prendre des nouvelles ? Un soupçon d'humanité, dans notre métier, ça ne fait pas de mal !

Le brigadier qui répond à Audrey semble gêné.

- C'est à dire, Commandante... Si vous aviez vu la bande d'énergumènes qui est venu signaler sa disparition, vous comprendriez.

- Comment ça, des énergumènes ? Un peu de respect pour les gens qui font appel à nous, s'il vous plaît ! Nous sommes un service public, il ne faudrait pas l'oublier. Convoquez-moi ces personnes au plus vite.

***

Le lieutenant Berthier est assis là, dans un fauteuil d'orchestre, ébloui. Être le seul spectateur dans la majestueuse salle à l'italienne de l'Opéra, sous le lustre monumental, au milieu des dorures flamboyantes, assister à un ballet interprété par des danseurs superbes qui se produisent uniquement pour lui, voilà un de ces moments rares dans une vie, comme son métier de policier ne lui en offre pas souvent.

Il a préféré ne pas interrompre l'orchestre dans son travail et attendre avant de lancer ses interrogatoires. Son enquête n'a pas avancé d'un iota, depuis trois heures qu'il est là, mais la chorégraphie qu'Éric Vu-An a choisie pour ce *Don Quichotte,* digne des grandes heures du Bolchoï, lui apporte sa ration de rêve pour la semaine.

Quand la séance se termine, il ne peut pas s'empêcher d'applaudir frénétiquement, ce qui lui vaut un salut amusé du chef d'orchestre. Gustave regrette aussitôt. Quand tous ces gens vont savoir qu'il est flic, ils vont prendre ses applaudissements au mieux pour une provocation, au pire pour de la moquerie.

Il faut pourtant bien aborder le maestro, qui est en train de ranger son matériel.

- Comment vous dites ? Alban Mazzoli ? Ça ne me dit rien... Attendez, oui ! Il est dans les violons. Oui, oui, pardon, ça me revient. Il est absent depuis quelques mois.

Absent ou présent ne semble pas faire trop de différence pour ce chef. Il n'a pas l'air de très bien connaître ses troupes.

- Vous l'avez remplacé ?

- Qui ?

- Mazzoli.

- Non. Malgré les restrictions budgétaires, vous savez, nous avons plusieurs seconds violons, alors un de plus, un de moins...

Le rôle d'Alban Mazzoli dans l'orchestre ne semble pas vraiment prépondérant. Si Gustave a pensé à des jalousies pour des questions de préséance, il doit réviser sa copie.

- Je voudrais interroger ses collègues. Vous pouvez m'indiquer le nom de ceux qui étaient liés avec lui ?

- Mais j'en sais rien, moi ! Est-ce que je suis censé connaître la vie privée des instrumentistes ?

Gustave aime mieux ce type quand il est derrière sa baguette de chef d'orchestre que quand il doit faire son devoir de citoyen en aidant la police... Ne sachant pas à qui s'adresser en particulier, il impose le silence à l'ensemble des musiciens qui se préparent à partir et demande à la cantonade qui connaît bien Alban Mazzoli. Pas de réponse.

- Votre collègue est décédé. Et de façon plutôt suspecte. Je compte sur votre aide pour en savoir le plus possible sur lui, ses fréquentations, ses habitudes.

Rien. La nouvelle n'a pas l'air d'affecter grand monde d'ailleurs. Gustave libère la compagnie, à l'exception des seconds violons.

- Monsieur Mazzoli jouait avec vous, à côté de vous, presque tous les jours. Ne me dites pas que vous ne savez rien de lui.

Un très jeune violoniste lève la main timidement.

- Je sais deux choses, si ça peut aider. Il suçait des pastilles de menthe et il faisait peur aux enfants. Une fois, je suis sorti de l'Opéra en même temps que lui et dans la rue Saint-François-de-Paule, on a croisé une femme avec des gosses. Il y en a un qui a dit *Maman, j'ai peur. Le monsieur il a l'air d'un diable.*Voilà, c'est tout ce que je sais.

Eh bien ! On n'ira pas très loin avec ça ! Une femme, enhardie par l'intervention de son jeune collègue, prend la parole.

- Un jour, il y a peut-être six mois, non, moins... Je ne sais pas... Je l'ai surpris dans un studio de la Diacosmie en train de répéter un morceau que je ne connaissais pas. C'était pas mal, très virtuose. J'ai vu de loin qu'il interprétait une partition écrite à la main. Je crois qu'il composait de la musique.

- Qui ? Mazzoli ? T'es folle !

- Si, je te jure !

Ah ! Il y a là peut-être un sujet de jalousie possible. Si la victime a reçu une distinction quelconque grâce à ses compositions, les autres peuvent lui en vouloir d'être sorti du lot. Cette partition écrite à la main serait-elle celle qu'on a retrouvée sur lui ? Dans ce cas, ce n'est pas pour voler son travail qu'on l'a assassiné. À moins que l'assassin n'ait laissé échapper ces deux feuilles en emportant le paquet. Gustave patauge. Il revient une dernière fois à la charge.

- Je trouve étonnant que vous n'en sachiez pas plus sur votre collègue. Il ne se confiait jamais ?

- Non, Monsieur. Il ne parlait pas, et quand il parlait, on ne comprenait pas ce qu'il disait. Alors non, on ne le connaissait pas.

***

Ah oui ! Ah quand même... Audrey doit le reconnaître, les quatre individus qui encombrent le couloir devant son bureau ne sont pas piqués des vers. Une gamine au crâne rasé avec des tatouages sur les bras et une longue robe noire comme celle que la mère d'Audrey mettait pour les concerts, un jeune mec en vareuse bleue et chapeau mou qui a l'air de sortir d'un film des années trente, une femme un peu hommasse en costume cravate et un vieux à l'air pas trop propre sur lui. Qu'est-ce que c'est que ces énergumènes ?

- Vous dites que monsieur Alban Mazzoli a disparu depuis le 16 juin ?

- Il n'a pas disparu. Il est mort. Enfin, oui, si vous voulez, il a disparu, au sens où il est mort, quoi ! Comme quand on parle de nos chers disparus...

Gérard, qui a pris sur lui de répondre le premier, exerçant son droit d'aînesse, regrette déjà de l'avoir fait. Quand il est devant les flics, sa timidité revient en force, il n'arrive pas à s'expliquer. Joël vient à son secours.

- En fait, Madame, ce n'est pas lui qui a disparu, c'est son cadavre. Enfin, lui et son cadavre sont la même personne, c'est vrai, mais ce que je veux dire...

Ce n'est pas mieux. Marie-Pierre ouvre la bouche pour essayer à son tour, mais la grande flic, là, lui coupe la parole d'un air impatient.

- Contentez-vous de répondre à mes questions par oui ou par non. Ok ? Alors, c'était le 16 juin ?

- Oui.

- Vous avez constaté que monsieur Mazzoli était mort. C'est bien ça ?

- Oui.

- Et son cadavre, qui ne fait qu'un avec lui, a disparu, ce même 16 juin ?

- Oui.

- Je vous informe que monsieur Mazzoli est décédé le 5 octobre, entre deux et trois heures du matin, dans des locaux de l'entreprise Alziari, ct que nous avons bel et bien retrouvé son cadavre, qui, je vous l'accorde, n'est autre que lui-même. Sa dépouille n'a pas disparu, elle est à la morgue. Alors vous venez me raconter n'importe quoi.

Les quatre se regardent, anéantis. Ils se lèvent pour partir.

- Attendez. Il faut que j'aie de quoi boucler mon rapport. Est-ce que vous êtes des parents de la victime ? Vous pouvez me répondre autrement que par oui ou par non.

- Nous sommes des voisins.

- Des amis.

- Des connaissances.

- Des potes.

- Et qu'est-ce qui vous a fait dire qu'il était mort le 16 juin ? Vous avez vu son cadavre ?

- Pas nous.

- Pas nous.

- Pas nous.

- Moi, oui.

La tête de la grande flic en apprenant que seule

Clara a cru voir le corps du violoniste ! Une gamine visiblement paumée, peut-être droguée, qui a voulu faire l'intéressante. Et les trois autres qui la croient dur comme fer et qui l'accompagnent au commissariat faire perdre leur temps aux flics ! Les gens n'ont vraiment plus aucun respect du travail de la police.

Audrey pose encore quelques questions pour la forme. Elle comprend vaguement qu'Alban Mazzoli ne possédait pas de téléphone parce qu'il avait une élocution difficile, puis plus personne ne répond. Impossible de faire dire à la petite où elle croit avoir vu le corps de cet homme, qui était pourtant encore bien vivant à ce moment-là. Les autres ont tous l'air découragés et honteux. Il y a de quoi, d'ailleurs. Bon ! Audrey est mère de famille, elle ne va pas chercher des noises à cette gamine. Son propre fils ne lui a-t-il pas juré un jour qu'il habitait sur une autre terre ? Alors si cette gosse voit des cadavres qui n'existent pas, on ne va pas en faire un fromage...

Ce qui est gênant dans cette histoire, c'est que ce Mazzoli est vraiment mort quatre mois plus tard, qu'il a été assassiné et que la commandante Serfati a une enquête sur les bras.

***

Depuis la disparition d'Alban, les Amis du 23 se réunissent plus souvent. Deux fois par semaine, le soir, toujours chez Marie-Pierre, qui en profite pour tester de nouvelles recettes, espérant ainsi remonter un peu le moral des troupes. Ils parlent de tout et de rien, cela leur fait du bien. Ils ont mis en veilleuse leurs recherches sur Paganini. Comment enquêter sur une affaire vieille de deux siècles alors que votre ami a disparu ? Et c'est pire depuis qu'ils ont eu confirmation de sa mort. Et encore pire depuis qu'ils ont pu constater à quel point la police était à côté de la plaque. Ils savent bien, eux, qu'Alban a été tué justement parce qu'ils enquêtaient sur le violoniste du diable.

Marie-Pierre trouve qu'il est temps de se remettre à réfléchir.

- Clara, quand tu as donné à Alban les clés de chez toi pour qu'il aille voir ta grand-mère, tu lui as parlé de ton intention d'aller fourrer ton nez dans les moulins à huile de la région, n'est-ce pas?

- Oui, je crois.

- Et c'est le lendemain que tu l'as trouvé mort dans les ruines de la rue Baudelaire et que nous y sommes allés ensuite, tous ensemble ?

- Oui.

- Tu lui avais expliqué ta théorie sur *Les Fleurs du Mal* ? Tu lui avais récité le poème ?

- Oui.

- Je crois que c'est toi qu'il cherchait dans ces ruines. Il a trouvé ton idée intéressante, il a enquêté de son côté et il a appris quelque chose. Il a voulu te prévenir d'un danger qui se cachait à cet endroit.

L'idée plaît à Gérard, qui poursuit.

- Quelqu'un était tapi dans les ruines de la rue Baudelaire. Quand Alban est arrivé, il l'a assommé, c'est pour ça que tu l'as cru mort. Il s'est réveillé avant que nous arrivions tous. Je ne sais pas ce qu'il a pu faire ensuite, pendant les presque quatre mois qui ont précédé le meurtre, mais il est clair qu'il a continué à s'intéresser aux moulins, puisque c'est dans l'un d'eux qu'on l'a retrouvé. Il était sûrement sur le point de découvrir un élément d'important et on a voulu l'en empêcher.

- Mais j'y suis allé, moi, dans ce moulin Alziari. Je suis descendue dans l'*enfer*. Et je vous l'ai dit, le cadavre de Paganini ne peut pas y être. En tout cas, tout est empierré, je ne vois pas du tout où on aurait pu creuser pour le cacher.

- Il date de quand, ce moulin ?

- Attends, j'ai noté sur mon tél... Un mec, un certain César Martin, a racheté en 1868 ou 1878, il y a discussion sur l'année mais on s'en fiche, les ruines d'un moulin qui datait de l'an quarante. Euh, je veux dire qu'on ne savait pas de quand il datait. Il a tout fait reconstruire.

- C'était bien après la mort de Paganini. Le corps du musicien, après avoir été trimballé un peu partout, a pu être enfoui sous l'*enfer* au moment de la reconstruction. Il avait déjà été enterré une fois dans une cuve à huile et on a remis ça.

- C'est peut-être ce qu'Alban essayait de vérifier. En tout cas, ça n'a pas plu à quelqu'un. Et il faut absolument que nous trouvions à qui.

Les voilà avec deux énigmes sur les bras. Ils n'ont pas réussi à résoudre la première, à trouver le nom du mystérieux corbeau qui les a lancés sur la piste de Paganini. Ont-ils seulement essayé, d'ailleurs ? Ils ont décrété que c'était un descendant du virtuose, sans chercher à l'identifier parmi leurs connaissances. Ils se sentent vraiment mauvais, comme enquêteurs. Alors comment peuvent-ils espérer percer ce second mystère : qui est la personne suffisamment dérangée par leurs recherches pour en arriver à tuer Alban ?

Clara a envie de pleurer devant tant d'inaptitude. Le chat Maître-Queux, inquiet et devenu avec le temps beaucoup plus familier, grimpe sur ses genoux pour la consoler. Joël est aussi déprimé que les autres mais il tente de relancer une dynamique.

- Le meurtrier d'Alban est sans doute du même bord que celui qui a tué Paganini.

- Tu penses à quoi ?

- Qui étaient les pires ennemis de celui qu'on appelait le *diable* ? Je suis désolé, Gérard, de revenir là-dessus. Je ne veux pas te blesser, mais je pense à un prêtre ou un ultra-catho, qui voudrait nous empêcher de découvrir la responsabilité de l'Église dans l'assassinat de Paganini. Mieux, ça expliquerait pourquoi c'est Alban qui a été tué et pas l'un de nous. Alban ressemblait à Niccolò, c'était lui aussi un *violoniste du diable* et il devait être puni.

Gérard est peiné. Il doit reconnaître que l'hypothèse est astucieuse, mais il tente de la réfuter.

- Alban n'avait rien contre le clergé ni contre les églises, il est venu à l'enterrement de ma femme au Gesù. Je l'ai vu parler longuement avec le sacristain.

Les autres y voient une confirmation de la thèse de Joël. Gérard sait-il ce que les deux hommes se sont dit ? Ils se disputaient peut-être. Ce sacristain est du quartier. Il est bien placé pour connaître les faits et gestes d'Alban. Il a pu vouloir lancer une croisade contre un suppôt de Satan qui cherchait le corps de Paganini, dont un saint homme avait autrefois réussi à débarrasser la planète.

- C'est grave ce que vous dites, objecte Gérard. Je le connais, moi, ce sacristain. C'est un type bien.

- Je vais aller l'interroger, tranche Joël. Tu ne viendras pas, Gérard. Il y aurait conflit d'intérêts. Marie-Pierre, tu m'accompagnes ?

- Je ne peux pas.

- Pourquoi ?

- À cause de ce gisant, de cette vierge qui a un poignard planté dans le cœur et surtout à cause de ce bras coupé qui sort de la chaire et qui brandit une croix. C'est un cauchemar, cette église.

Joël ne comprend pas. Ces curiosités sont ce qu'il y a de plus intéressant à voir au Gesù. Et la critique est particulièrement injuste. Il n'y a pas d'église baroque plus gaie à Nice, avec ces centaines d'angelots dorés qui grimpent partout, autour de toutes les ouvertures, au milieu de feuillages luxuriants... Marie-Pierre essaie de se justifier.

- Ces statues macabres me coupent l'appétit, vous comprenez.

Personne ne comprend vraiment. Alban est mort, on trouve que Marie-Pierre pourrait faire un effort. Clara saute sur l'occasion de retravailler en binôme avec Joël.

- Un poignard dans le cœur ? Un bras coupé ? Je ne suis jamais entrée dans cette église, je veux absolument voir ça.

Mais Joël refuse. C'est dangereux. La petite est trop jeune. Si le sacristain est l'assassin, il préfère encore l'approcher seul.

- Si je ne reviens pas, vous donnerez l'alerte.

Clara est déçue. On se sépare plutôt mal à l'aise. Pour la première fois, le groupe a connu des dissensions.

***

Un homme est en train de disposer des brassées de lis blancs autour du chœur. Joël l'aborde.

- Bonjour Monsieur. Vous êtes bien le sacristain de cette église ?

- Oui. Vous ne me reconnaissez pas ? Moi, je vous connais. Je vous vois souvent planté devant nos œuvres d'art. Ça me fait plaisir de voir des gens admirer notre patrimoine. Vous n'avez pas votre chapeau, aujourd'hui ?

Ce n'est pas de la moquerie. Le regard clair de cet homme est bienveillant. Joël doit reconnaître que l'individu est diablement sympathique. Méfiance !

- Aujourd'hui, je ne viens pas contempler les tableaux, je viens vous demander si vous connaissiez Alban Mazzoli.

- Le violoniste ? Bien sûr. Très bien, même. Il a donné pendant des années des leçons de violon à mon fils. Son décès m'a fait une peine immense. Et mon fils est inconsolable.

L'homme a l'air sincère, mais son chagrin n'est-il pas excessif ? Le professeur de votre fils qui disparaît, c'est triste, mais ce n'est pas comme si vous aviez perdu un membre de votre famille. L'autre s'explique.

- Je lui dois beaucoup plus que ces quelques cours de musique. Mon fils a eu un grave accident quand il était petit. Depuis, il est privé de l'usage de ses deux jambes. Au début, il ne parvenait pas à accepter son handicap et il a sombré dans une grave dépression. C'est terrible, quand vous voyez votre gamin qui n'a plus envie de vivre. Le violon lui a redonné le désir de se battre. Il est heureux aujourd'hui. Il est devenu luthier. C'est monsieur Mazzoli qui a fait ce miracle. Cet homme était un ange.

Ce n'est pas vraiment ce qu'attendait Joël. Ce sacristain, à supposer qu'il soit un catho intégriste, et ce n'est pas prouvé, aurait peut-être pu vouloir assassiner le diable, mais certainement pas un ange.

- Vous ne savez pas si monsieur Mazzoli avait des ennemis au sein de l'Église ?

- Lui ? Je ne pense pas. Il n'était pas des plus assidus à la messe, mais c'était la bonté faite homme. Comment voulez-vous qu'il ait eu des ennemis parmi nous ? Tous les jours, je fais brûler un cierge pour lui et le curé de la paroisse l'inclut dans ses prières.

***

Toute joyeuse, la collègue de l'équipe scientifique rappelle la commandante Serfati.

- Dans le rapport que je tai envoyé sur les papiers trouvés dans les poches de la victime, j'ai dit qu'on n'avait relevé que ses empreintes digitales et qu'il avait utilisé un crayon gris bas de gamme. Je peux ajouter aujourd'hui que les feuilles provicnnent du bloc que vous avez trouvé chez lui et surtout, j'ai enfin découvert l'auteur de cette musique.

- Ce n'est pas une composition de Mazzoli ?

- Non. J'ai eu du mal à identifier la source, parce qu'il ne s'agit pas d'une œuvre complète mais de morceaux choisis parmi les *Caprices* de Paganini. Je ne sais pas si ça a une importance pour l'enquête, ça c'est ton boulot, mais je suis contente de moi. En revanche, les deux portées de la fin n'ont rien à voir et je n'ai pas encore réussi à savoir ce que c'était.

- Bah ! Ce sont sûrement des morceaux que Mazzoli répétait pour son boulot. Il a dû recopier les passages les plus difficiles pour les travailler. Laisse tomber. Je vais brancher Berthier sur le coup.

Gustave fait de la danse mais il n'est pas imbattable en musique. Il ne joue d'aucun instrument et il est bien incapable de lire les deux portées inconnues. Il a vérifié auprès du Philharmonique, aucun spectacle n'avait programmé les *Caprices* de Paganini. D'ailleurs, ce sont des compositions pour violon solo, lui a-t-on dit, et Mazzoli n'aurait jamais été pressenti pour les interpréter. Il n'y a donc pas lieu de croire que les deux portées mystérieuses soient davantage liées à son activité professionnelle.

Par chance, Gustave a un ami d'enfance qui joue du piano. Il lui demande de déchiffrer le passage inconnu et il l'enregistre sur son téléphone. Puis il lance les logiciels de reconnaissance, Shazam, Soundhound, Musipedia... Sans résultat. Il est vrai qu'ils sont plus efficaces pour la chanson que pour la musique classique. Qu'est-ce que c'est que ce morceau ? Bien sûr, si c'est une création inédite de Mazzoli, même le plus performant des logiciels ne pourra le reconnaître.

Gustave décide de s'adresser à un expert, mais pas aux musiciens du Philharmonique, toujours inscrits sur la liste des suspects. Il monte au prestigieux conservatoire de musique de l'avenue de Brancolar. S'adressera-t-il à un professeur de violon ? Non, plutôt à un spécialiste de l'histoire de la musique...

C'est beau d'être un vrai pro ! En trois secondes, Gustave a sa réponse. Ces dix mesures sont extraites de l'opéra de Boïto, *Mefistofele*, l'une des nombreuses adaptations musicales du *Faust* de Goethe.

- C'est dans la scène 2 de l'acte I, juste au début de *Son lo spirito che nega sempre tutto*[4], un solo très connu. C'est la première apparition de Méphisto à Faust. Il se présente à lui et fait son autoportrait. Un passage marquant de l'œuvre. Si vous voulez, je vous le fais écouter.

4 - Je suis l'esprit qui nie toujours tout...

Gustave ne dit pas non, enchanté d'approfondir sa culture musicale.

- Vous entendez cette descente chromatique qui finit dans les profondeurs de la tessiture ? C'est très impressionnant.

- Faust, c'est un vieux savant qui va mourir, et Méphisto, c'est le diable, c'est ça ?

- Oui. La mélodie traduit le caractère terrifiant du personnage. Mais Faust, lui, n'est pas effrayé et c'est à la fin de cette scène qu'il va lui vendre son âme en échange d'une nouvelle vie, où il pourra profiter de tous les plaisirs que l'autre lui fait miroiter.

- Je vais vous poser une colle, sans doute. Est-ce que vous voyez un rapport entre ce morceau et les vingt-quatre *Caprices* de Paganini ?

- Pas trop. Une mélodie pour basse profonde d'un côté, une partition pour violon de l'autre... Deux genres et deux styles complètement différents. L'opéra de Boïto est postérieur d'à peu près cinquante ans aux *Caprices*... Musicalement parlant, il n'y a pas de lien entre les deux œuvres. Je ne me souviens pas non plus d'une représentation qui les aurait associées. Je suis désolé.

Gustave est dépité. Il ne sait pas trop ce qu'il attendait de ces questions mais il espérait un miracle. Cette affaire est tellement pauvre en pistes exploitables. Il prend congé et se lève pour partir. Mais l'autre reprend la parole.

- Il y a bien un truc... C'est le seul lien que je voie...

- S'il vous plaît...

- Paganini, on le surnommait le *diable*. Et si quelqu'un aimait les plaisirs de la vie, c'était bien lui !

Sur le trajet du retour au commissariat, Gustave réfléchit. Des extraits de plusieurs œuvres du prétendu *diable* et, à la fin, deux portées du grand air de Méphisto. Comme si Paganini venait signer ses *Caprices* par une référence musicale. Mais le morceau qui sert de paraphe a été composé cinquante ans après sa mort. Pour le connaître, il aurait fallu que le défunt sorte de sa tombe. Cet anachronisme ne dérangeait sans doute pas Mazzoli. À moins qu'il ait voulu apposer non pas la signature du compositeur, mais celle de l'interprète, c'est-à-dire lui-même. Gustave pense au témoignage du jeune musicien et à cet enfant qui a qualifié Mazzoli de *diable*. Leur victime se prenait-elle, elle aussi, pour Méphisto ? Très romanesque, et surtout très flou et totalement fantaisiste. De toute façon, parfaitement inutile pour l'enquête. Il ne va pas raconter ça à la commandante. Si c'est tout ce qu'il a à lui dire, elle ne va pas être ravie.

***

C'est Gérard qui est content quand Joël revient bredouille de l'église du Gesù ! Clara et Marie-Pierre l'accueillent aussi avec joie, soulagées qu'il ne lui soit rien arrivé. Toutes les dissensions sont oubliées.

- Alors, si ce ne sont pas les curés, qui est-ce ?

Depuis leur visite au commissariat, Marie-Pierre rumine une idée dans sa tête. C'est le moment de la soumettre au groupe.

- Le corps de Paganini a été caché dans une cuve à huile. Alban a été tué dans un moulin. Vous savez que l'huile d'olive est l'ingrédient principal de la cuisine niçoise ? Sans elle, pas de socca, de pan bagnat, de pissaladière, de salade niçoise, de fougasse aux olives, de...

Les autres commencent à connaître le fonctionnement de Marie-Pierre. Sans ces lentes circonvolutions culinaires qui tournent autour du pot, elle ne parvient pas à faire émerger l'essentiel. Ils la laissent faire, sachant que c'est en général très productif.

- Vous vous rappelez que dans le message que j'ai reçu du corbeau, il était question d'un *péché de gourmandise à se damner* ? Et que Paganini était très gourmand ? À Nice à l'époque, il y avait un autre lobby aussi puissant que celui de l'Église, c'était celui des négociants en huile. Ce n'est peut-être pas dans des raviolis qu'on a mis de la belladone.

Gérard est légèrement choqué. L'Église qualifiée de *lobby*, à présent ! Sans compter l'anachronisme du mot. Mais il commence à prendre l'habitude et il sait que Marie-Pierre n'arrivera pas au bout si elle est interrompue.

- Joël, tu te rappelles ce que tu nous as dit au sujet de la madone de la pointe Saint-Hospice, un des lieux où a transité le corps de Paganini ?

- Qu'elle mesure douze mètres de haut.

- Quoi encore ?

- Qu'elle a été construite à la demande d'Auguste Gal, qui possédait des terres dans le coin. Il voulait remercier la Vierge, je ne sais plus pourquoi.

- Ce n'est pas ça qui m'intéresse. Tu te rappelles ce qu'il faisait comme boulot, cet Auguste Gal ?

- Il était négociant en huile. Ah oui ! La coïncidence est troublante, en effet. En plus, je crois qu'il était contemporain du virtuose.

- Oui. J'ai cherché. Il est né en 1806. Quand Niccolò est mort, il avait trente-quatre ans.

Clara ne comprend pas du tout où Marie-Pierre veut en venir. Mais comme Gérard, elle a appris à ne pas l'interrompre.

- Alban a dû y repenser. Il s'est dit qu'on avait attiré Niccolò dans une huilerie en lui promettant de lui faire goûter des spécialités sublimes, comme la pâte d'olive, le pissala ou je ne sais quoi, et qu'on en a profité pour l'empoisonner. Qu'ensuite, c'est Auguste Gal lui-même qui a proposé à Hilarion de Cessole de lui rendre service en cachant le corps chez lui, à la pointe Saint-Hospice. Là, il pouvait facilement le faire disparaître et le remplacer par un autre, pour effacer toute trace de l'empoisonnement.

- Et pourquoi, à l'époque, le *lobby* des huiles, comme tu dis, s'en serait-il pris au virtuose ?

Marie-Pierre sèche un peu mais elle finit par trouver une explication.

- Paganini, c'était aussi un homme d'affaires. Rappelez-vous qu'il a été compromis dans un scandale financier. Or il était génois. Il avait peut-être des intérêts dans des commerces ligures qui faisaient concurrence à l'huile de Nice. Auguste Gal, lui, faisait partie de la mouvance autonomiste niçoise, aussi bien quand Nice appartenait au royaume de Piémont-Sardaigne que plus tard, après le rattachement à la France, en 1860. Il défendait férocement les intérêts de sa ville. Il a peut-être voulu éliminer un concurrent, mais aussi un partisan. Il y avait des enjeux commerciaux et politiques dans cette affaire.

Clara commence à s'impatienter. L'histoire de Nice l'intéresse, mais il faut ramener les amis vers le présent.

- Et Alban dans tout ça ? Tu ne vas pas me dire qu'il y a aujourd'hui des marchands d'huile qui veulent nous empêcher de révéler un meurtre commis par leurs confrères il y a deux siècles ?

- Non. En revanche, des autonomistes, il y en a toujours. Du *Partit nissart* aux *Identitaires*, on trouve un tas de groupuscules qui pourraient avoir fait de Paganini un symbole des ennemis de Nice. Alban a peut-être découvert quelque chose à ce sujet.

L'esprit cartésien et surtout *lisbethien* de Clara ne peut pas accepter cette thèse, qu'elle juge illogique. Paganini était intime avec Hilarion de Cessole. Or, Hilarion était au moins aussi proche des autonomistes qu'Auguste Gal. Il a passé sa vie à défendre les niçois. Et il aurait hébergé un serpent dans son sein ? Paganini aurait trahi son mécène et la ville qui l'a accueilli alors qu'il était dans la panade ?

Tout ça pour servir les intérêts des Génois, qui n'ont même pas voulu de sa dépouille quand il est mort ? D'ailleurs, si Alban avait découvert que c'étaient des autonomistes qui avaient fait le coup, il n'avait plus de raisons d'enquêter sur les moulins à huile. Qu'est-ce qu'il faisait dans ce cas chez Alziari ? Non, non, ça ne tient pas debout.

L'analyse de Clara remet les pendules à l'heure. Marie-Pierre reconnaît les limites de sa théorie. Joël recentre le débat.

- Alban a dû pourtant découvrir la vérité, ou il n'en était pas loin, puisqu'on l'a tué.

- Il faudrait que nous sachions de quelle façon notre ami est mort. La police ne nous a rien dit de précis à ce sujet, les journaux n'ont pas parlé du meurtre. Que faire pour avoir des informations ?

- J'ai une idée, dit Gérard. Mais ne m'en veuillez pas si je préfère la garder pour moi. Je veux essayer de la mettre en pratique avant de vous en faire part.

- D'accord. Il faudrait aussi que nous puissions aller dans l'appartement d'Alban. Mais vous avez vu comme moi qu'il a été perquisitionné. Les flics ont mis des scellés.

- Qu'est-ce que tu espères trouver là-haut s'ils ont déjà fouillé ?

- Je ne sais pas, quelque chose qu'ils n'auraient pas vu parce qu'ils ne savent pas ce que nous savons, que la mort d'Alban est liée à celle de Paganini.

Gérard intervient une nouvelle fois.

- Moi, si on pouvait y aller, je vérifierais si son violon s'y trouve toujours. Clara, tu as bien vu l'instrument à côté de lui au moulin Baudelaire, quand tu l'as cru mort ?

- Oui.

- Qu'est-ce qu'il allait faire dans ces ruines avec son outil de travail, alors qu'il y faisait attention comme s'il était en sucre ? Ce n'était guère prudent de l'emporter là-bas. Je crois que ce violon a son importance. Peut-être que quelqu'un a voulu le lui voler. Je me demande ce qu'il est devenu.

- Pour savoir s'il l'a rapporté chez lui, ce n'est pas dur, dit Clara. Moi, je vais aller voir.

- Mais comment ? Tu ne vas quand même pas forcer les scellés et fracturer la porte ?

- Non, mais on peut passer par la courette. C'est très facile. Je l'ai déjà fait un jour où Alban avait oublié ses clés à l'intérieur. Ma chambre est juste au-dessous de chez lui. Il suffit de grimper en s'aidant de la gouttière et des pierres qui sortent du mur. Après, sa fenêtre est toute déglinguée. Même si elle est fermée de l'intérieur, tu pousses et ça s'ouvre.

- Ok. On va attendre que ta mère ne soit pas là et on viendra t'aider. Ne fais rien toute seule.

- Demain, mercredi, elle sera au travail entre dix heures et vingt-et-une heures. Moi je serai rentrée du lycée vers midi et demie. Qui viendra ?

Marie-Pierre ne peut pas à cause de ses horaires à la banque, Gérard doit s'occuper de s'informer au commissariat. C'est Joël qui assistera Clara. Il téléphonera au boulot pour dire qu'il est malade. De toute façon, il a décidé, pour de bon cette fois, de laisser tomber l'entreprise Pirelli et de s'installer à son compte. Il a commencé à faire les démarches et il se sent pousser des ailes. Il rejoindra Clara chez elle vers seize heures. La gamine est ravie qu'ils fassent de nouveau équipe tous les deux.

***

Pendant les grandes vacances, Clara a gardé Tobias plusieurs fois. Elle continue à le faire de temps en temps, même si elle doit se consacrer davantage à ses études, maintenant qu'elle est entrée en seconde au lycée Masséna. C'est elle-même qui s'est proposée comme baby-sitter, pour permettre à Joël de vivre un peu, parce que sa sœur, à celui-là, est de plus en plus déjantée. Le soir de la virée au moulin Baudelaire, il était rentré un peu tard et il avait trouvé Tobias tout seul, qui pleurait. Nathalie l'avait couché et était sortie. Joël ne lui faisait plus confiance.

Clara se régale avec ce bambin. Il lui plaît bien. Et puis elle le comprend tellement. Comme lui, elle n'a pas de père, mort quand elle avait un an et dont personne ne lui parle jamais. Comme lui, elle a une mère qui ne s'occupe pas beaucoup de sa progéniture. Bien sûr, pas pour les mêmes raisons : la sienne travaille pour lui offrir une vie décente, alors que celle du petit ne pense qu'à s'amuser. Mais en contrepartie, il a la chance d'avoir Joël. Elle en rêverait, elle, d'un père de substitution pareil !

La baby-sitter ne voulait donc pas être rétribuée pour ce qu'elle considérait comme un plaisir et un service amical. Mais Joël était tellement content de pouvoir compter sur elle qu'il a insisté pour la payer. Elle a fini par céder. C'est avec ce petit pécule qu'elle a pu se faire tatouer une fleur discrète sur chaque avant-bras. Ainsi elle se sent un peu plus proche de Lisbeth, son modèle. Ce mercredi, en attendant l'heure du rendez-vous pour l'escalade dans la courette, elle retourne chez *House of Pain*, le tatoueur qui est juste à côté de chez elle. Cette fois, ce sera un petit violon entre les deux omoplates. Il lui servira de talisman. Quand Joël la rejoint, elle se sent invincible. Le diable peut les attaquer, l'esprit d'Alban la protègera.

Joël a apporté une corde. Il tient à attacher Clara pour l'assurer, même si elle jure qu'il n'y a aucun danger. Elle part à l'assaut de ce mur, autrefois *raide et rebutant*, devenu à présent un allié. Elle gravit en dix secondes les deux mètres cinquante qui la séparent de la fenêtre du cinquième. Les battants ne résistent pas, comme elle l'avait prédit.

Elle entre, impressionnée tout à coup. Alban est devenu un ami, mais elle n'est venue chez lui qu'une seule fois, le jour où il avait oublié ses clés. Pressée d'aller lui ouvrir la porte, elle n' a pas fait attention au décor. Et puis Alban était vivant à l'époque...

Un bruit derrière elle la fait sursauter. C'est Joël. Elle ne s'attendait pas à ce qu'il la rejoigne. Lui aussi a l'air ému en découvrant les lieux. Le studio est exigu, vétuste, la décoration vieillotte, les meubles rares. Des montagnes de partitions empilées au sol. Beaucoup sont éparpillées n'importe où, peut-être par des flics peu délicats. Pas de tableaux sur les murs, pas de photos, pas de livres. Une odeur suffocante de renfermé. Cet intérieur pue surtout la solitude.

Clara pour la deuxième fois en deux jours a envie de pleurer. Elle à qui sa lapidation sur les réseaux sociaux n'a jamais réussi à tirer une larme, la voilà qui s'effondre dans les bras de Joël, qui n'en mène pas large non plus. Malgré le délabrement et la pauvreté du décor, l'esprit du violoniste est encore là. Sans se concerter, tous deux ont les mêmes pensées. Ils revoient son grand corps décharné, son profil en lame de couteau. Ils l'imaginent, seul pendant de longues journées, dépliant ses partitions, répétant ses morceaux. Ils le revoient dans son interprétation frénétique de Paganini. Mais pas de rictus démoniaque ni de regards fulminants dans leur souvenir. C'est le doux sourire de leur ami qui s'affiche.

Allez ! Ils sont venus pour fouiller. Fouiller quoi ? Il n'y a qu'un petit placard. Ils n'y découvrent pas le moindre violon. Seulement quelques rares vêtements usagés, qu'ils ont déjà vus sur Alban. La tenue de concert qu'il avait arborée le fameux jour où il les avait tant impressionnés est là aussi. Ils font les poches mais il y a peu de chances que les policiers aient laissé passer un indice important.

Le tour du studio est vite fait. Ils feuillettent quelques partitions mais ne peuvent pas tout éplucher. À quoi bon d'ailleurs ? N'est-ce pas un violon qu'ils cherchent ? Il ne peut pas y être caché. La police l'a peut-être emporté comme pièce à conviction, mais pourquoi ? Ou alors, Gérard avait raison, Alban l'avait avec lui et on l'a tué pour le lui voler.

- Ça coûte si cher que ça, un violon ?

- Je ne suis pas spécialiste, mais je crois qu'on peut acheter de bons violons d'étude pour deux cents ou trois cents euros. En revanche, si c'est un stradivarius, il peut valoir plusieurs millions d'euros. Entre les deux, il y a tous les prix.

Plusieurs millions d'euros ? Clara se félicite intérieurement d'en avoir obtenu un petit entre ses omoplates pour seulement cent euros.

- Alban n'avait certainement pas les moyens d'acheter un stradivarius. Regarde où il vivait. Même s'il s'est offert un bon violon, il n'a pas pu y mettre une fortune.

- Il l'a peut-être reçu en héritage. Il y tenait beaucoup, à son instrument.

Tout en parlant, Joël examine le plafond, rêveur. Les pièces qui donnent sur la courette ont la même configuration à tous les étages de l'immeuble. L'architecte a conçu ce studio sous les toits sur le même modèle que la chambre de Clara au quatrième ou que celle de Nathalie et Tobias au premier. Joël, qui a remis lui-même son trois-pièces à neuf, connaît la disposition des lieux dans le moindre détail. À cet endroit, il a été obligé d'enlever un faux plafond minable qui s'effondrait, découvrant au-dessous les belles moulures en stuc de l'ancien décor à l'italienne.

Or ici aussi, chez Alban, on a posé un faux plafond. En son centre, une rosace assez récente, percée d'un trou, laisse passer une lanterne en papier, bon marché et défraîchie. Joël sait qu'il y a un espace vide au-dessus de leur tête. Il est simple de poser une chaise sur une table, de grimper dessus, de démonter la suspension et la rosace et de vérifier si Alban a caché quelque chose derrière. Joël ne se sépare jamais de son couteau suisse multifonction.

L'ouverture est juste assez large pour qu'il puisse en extraire un étui, qu'il tend à Clara. Elle l'ouvre. Le violon est bien à l'intérieur. Tout excités, ils l'examinent, puis échangent un regard perplexe. Ils en sont certains l'un et l'autre. Cet instrument n'est pas celui dont Alban a joué le jour où il leur a fait cette démonstration magistrale. Il en possédait sans doute deux. Pourquoi a-t-il caché celui-ci ? Où est passé le second ?

En manipulant l'instrument, Joël perçoit un drôle de bruit. Il l'agite un peu plus fort. Une sorte de tintement.

- Écoute ça, Clara. Tu te rappelles les explications d'Alban ? C'est l'*âme* du violon qui a dû se détacher.

- Non, il a dit que l'âme était en bois. Là, c'est comme un bruit métallique qu'on entend. Il y a quelque chose là-dedans.

Joël bataille. Il y a bien un objet dans le corps du violon, mais il n'est pas simple de le faire sortir par les ouïes, ces ouvertures très minces en forme de f qui augmentent la capacité de l'instrument à vibrer.

- Regarde. Des clés.

- Ce sont les miennes, celles que je lui ai prêtées pour qu'il passe voir ma grand-mère.

Une trouvaille bien déconcertante.

- Je ne comprends pas. Qu'il s'en soit servi ou non, de ce trousseau, il fallait qu'il te le rende, ce qu'il aurait certainement fait s'il ne lui était pas arrivé quelque chose au moulin Baudelaire. Alors pourquoi, avant de partir à ta recherche, a-t-il mis les clés dans ce violon, pour ensuite cacher le tout dans un endroit sûr ?

- Tu crois qu'il avait peur que quelqu'un entre en son absence pour les voler ? Tu crois qu'il craignait pour moi et ma famille, autant que pour son violon ?

- Mais de qui se méfiait-il ? Qui aurait pu entrer chez lui ? La porte est solide, l'effraction aurait fait un bruit terrible, qui aurait ameuté tout l'immeuble.

- Et la fenêtre ? On y est bien passé, nous !

- Quelqu'un aurait pu escalader le mur ? Pas en partant de chez toi, évidemment. Alors qui ? Les Russes ?

Bien sûr, si Alban craignait un simple vol, ce groupe mafieux pourrait être impliqué. Ils étaient bien placés pour voir passer le violoniste. Les Russes sont réputés mélomanes. L'un deux a pu repérer le fameux violon.

- Le problème, c'est que leur appart est au second, et que leur fenêtre donne sur le mur de droite.

- Oui, il n'y a pas de moellons saillants à cet endroit. Impossible de monter. Il faut quelqu'un qui partirait de plus haut, et de ce côté-ci de la courette. Qui estce qui habite juste au-dessous de ta chambre, Clara ?

- Rufus.

Clara et Joël remettent violon et étui en place. Ils préfèrent ne garder aucune preuve de leur violation des scellés. Et ils doivent digérer leur découverte.

***

Si Gérard n'était pas si attristé par la disparition de son ami, il rirait tout seul de la comédie qu'il s'apprête à jouer. Il convoque tous ses souvenirs du temps où il était étudiant et où il faisait du théâtre amateur.

Car Gérard a été jeune, un jour. Il a été beau, entreprenant, dynamique. C'est au club théâtre qu'il a séduit sa Luisa, celle qu'il n'a jamais cessé d'aimer. Ses études de commerce lui ont été utiles pour développer le magasin de cycles qu'ils ont tenu ensemble jusqu'à l'âge de la retraite. Ils avaient des projets de voyage pour leur deuxième vie, l'Amérique du Sud, l'Asie. Mais Luisa n'a pas pu en profiter. Un cancer, qui s'est déclaré un mois seulement après la vente de leur commerce. Après son départ, il n'avait plus goût à rien.

Aujourd'hui, c'est différent. Il meurt d'envie de mener à bien sa petite comédie et de rapporter aux autres les renseignements qu'ils attendent. Il doit reconnaître que depuis quelque temps, sa vie est redevenue passionnante.

Gérard se présente au commissariat Auvare. Il a soigné sa mise : vêtements en désordre, cheveux hirsutes, barbe de la veille, expression parfaite du vieillard complètement à l'ouest. Il s'adresse au fonctionnaire de l'accueil et demande à voir la commandante Serfati, qui l'a reçu il y a quelques jours. L'autre lui donne un papier à remplir et lui dit que la commandante est absente, qu'on le rappellera. Gérard semble au bord des larmes, il prend un air suppliant.

- Je vous en prie, c'est très important. Je viens pour avouer un meurtre.

On en voit, des fous, au commissariat. La consigne est de faire barrage. Mais cette fois, le fonctionnaire de police hésite. Ce vieux a l'air au bord de l'évanouissement.

- Vous avez tué qui ?

- Alban, mon ami Alban. Je l'ai tué. Alban Mazzoli.

Tout le monde sait, à Auvare, que l'équipe Serfati planche sur ce meurtre et que l'enquête piétine. Ce serait une bêtise de renvoyer chez lui un suspect potentiel, même si l'agent doute la culpabilité de ce vieux bonhomme.

- Attendez. J'appelle un OPJ. Le lieutenant Berthier est là. Il travaille sur l'affaire.

Quand Gustave le reçoit, Gérard a réussi à pleurer de vraies larmes. Il fait peine à voir. Il répète ses aveux, en mimant par deux fois un malaise. Gustave est très ennuyé. Il ne faudrait pas que ce vieux clamse dans son bureau.

- Calmez-vous, Monsieur. Voulez-vous voir un médecin ?

- Non, non. Je ne veux pas d'avocat non plus. Je veux seulement avouer, parce que je ne supporte plus d'avoir ça sur la conscience, vous comprenez ?

- Prenez votre temps, ressaisissez-vous et puis vous allez tout me raconter.

- Je l'ai tué.

- Vous étiez avec lui au moulin à huile Alziari ?

- Non, mais c'est moi qui l'ai envoyé là-bas.

- Pourquoi ?

- Parce que juste avant, je l'ai invité chez moi, que j'ai ouvert une bouteille de *branda*, et que je l'ai fait boire. On a bu, on a presque vidé la bouteille, au moins deux verres chacun. Vous vous rendez compte ? Du cinquante-cinq degrés !... On se lançait toujours des défis stupides, Alban et moi, surtout quand on avait bu. Ce soir-là, c'est moi qui ai eu l'idée. Ce serait à celui qui réussirait le premier à entrer dans un établissement fermé à clé et à y passer la nuit sans se faire prendre. Il fallait que ce soit un fleuron du patrimoine niçois. Moi j'avais un plan pour me faire enfermer dans le palais des Rois sardes, mais j'avais tellement bu que je ne suis même pas arrivé à sortir de chez moi. Lui, il a pris le défi au sérieux. Et c'est sûrement ça qu'il faisait dans ce moulin. Je l'ai tué.

- Si vous n'étiez pas là-bas avec lui, ce n'est pas vous qui l'avez tué.

- Mais si. Je savais qu'il était en mauvaise santé et je l'ai poussé à boire. C'est de ça qu'il est mort, c'est sûr.

- Tranquillisez-vous, Monsieur. Deux verres à liqueur de *branda*, si on ne conduit pas, ce n'est pas la fin du monde. D'ailleurs, les analyses n'ont pas révélé d'alcool dans le sang de monsieur Mazzoli. Il a été empoisonné.

Allons-y pour quelques larmes de crocodile supplémentaires. Elles viennent facilement à présent. Gérard hésite à feindre un nouveau malaise. Il ne faudrait pas surjouer. Intérieurement, il exulte. Il vient d'apprendre l'essentiel. Tout ce qu'il pourra glaner, maintenant, c'est du rab.

- Empoisonné ? Vous voyez bien ! C'est la branda que je lui ai fait boire. Elle était un peu bouchonnée, j'ai hésité à la servir, je n'aurais pas dû...

- À quelle heure avez-vous fini votre petite fiesta ?

- Vers seize heures.

- Alors, pas de souci ! Le poison lui a été administré dans le moulin, trois ou quatre heures avant sa mort, c'est à dire vers vingt-deux heures. Son assassin était certainement avec lui. Vous voyez bien que vous n'y êtes pour rien.

- Vous vous trompez. Je suis sûr que c'est cette *branda* de malheur !

Gustave est naturellement aimable et patient. Mais cette *branda* commence à l'agacer.

- Écoutez-moi. Vous en avez bu, vous, de cette *branda*. Vous n'êtes pas mort. La belladone qui a tué votre ami vous aurait certainement causé au moins un malaise, à vous aussi.

Bingo ! Gérard, grand amateur de rugby à la télé, se danse un petit Haka dans sa tête, façon All Blacks : *Ka Mate ! Ka Mate ! Ka Ora ! Ka Ora !* C'est la mort ! C'est la mort ! C'est la vie ! C'est la vie !

Comble d'ironie, le jeune lieutenant sympathique le raccompagne lui-même à la sortie, en le tenant par le bras comme s'il était handicapé...

Gérard se jure de se remettre au théâtre. Dès demain, il ira à Francis-Gag s'inscrire à l'atelier. Emporté par l'ivresse de la réussite, il n'a pas bien saisi les implications funestes de ce qu'il vient d'apprendre.

***

Le grand a décroché son job, la petite va mieux, elle est chez ses grands-parents paternels pour la semaine. Plus aucun souci majeur ne vient perturber Audrey. À part peut-être ce tricot qui n'avance toujours pas. Si, à défaut, elle pouvait au moins faire progresser l'affaire Mazzoli !

Elle fait un nouveau point avec son équipe.

- Qu'a donné l'enquête de voisinage?

- Pas grand chose. Les quatre *falabraques* que vous avez déjà rencontrés n'ont rien dit de plus. Dans l'immeuble, il y a des Russes plutôt chelous. Leurs papiers d'identité sont probablement des faux mais on n'était pas là pour ça. Ils ne parlent pas un mot de français. On leur a montré la photo de la victime et ils nous ont fait comprendre qu'ils ne l'avaient jamais vue. Il y a aussi des étudiants en colocation qui ont croisé Mazzoli dans l'escalier mais qui n'ont jamais entendu le son de sa voix. Les Morris, au premier, ont beaucoup d'enfants. Ils ont assuré ne pas avoir le temps de s'occuper de ce qui se passe dans les étages supérieurs. La mère de la gamine au crâne rasé, madame Portal, dit que le violoniste était très poli. Il ne parlait guère, mais il proposait toujours de l'aider à porter ses paquets quand elle revenait des courses.

- C'est tout ? Ça ou rien !

- Attends, il y a quand même un certain Rufus qui, lui, a beaucoup à dire. Un *ficanas* qui passe son temps à épier les autres et à en dire du mal, tu vois le genre ?

- Et qu'est-ce qu'il nous raconte, ce sympathique individu ?

- Que Mazzoli faisait un bruit incessant avec ses grincements de violon ; qu'il y a beaucoup d'allées et venues dans les étages depuis quelques mois ; que le voisin du premier, le maçon au chapeau avachi, entretient une relation douteuse avec une mineure, la petite Portal, dont la mère, soit dit en passant, est une belle garce ; qu'avant l'été, il a croisé plusieurs fois Mazzoli avec Marie-Pierre Klein, la locataire du second et qu'ils avaient l'air très intimes ; que celle-ci, du reste, empuantit de plus en plus souvent la courette avec des odeurs à vomir et qu'il y a du bruit chez elle tous les dimanches soir, et même deux fois par semaine. Il a confirmé que les quatre phénomènes fréquentaient bien Mazzoli et qu'il a vu tout le groupe en pleine nuit, un dimanche, planté dans la rue devant l'immeuble, en train de crier en inspectant la façade de façon on ne peut plus suspecte.

- Bon, ça pue le ragot à deux balles mais on va aller voir cette Marie-Pierre Klein. Si elle avait vraiment une liaison avec la victime, ça peut changer bien des choses. Elle est employée de banque. On doit pouvoir la trouver chez elle vers dix-huit heures. Il est... dix-huit heures trente. On y va, Berthier.

Un bon policier doit savoir écouter les ragots. Derrière quatre-vingt-dix pour cent de mensonges se glissent dix pour cent d'une vérité souvent décisive. C'est pourquoi, avant de monter chez Marie-Pierre, Audrey s'arrête devant l'entrée du 23 et inspecte la façade. Si les cinq farfelus ont passé toute une soirée à l'examiner, comme le prétend le sieur Rufus, que regardaient-ils ? Audrey ne distingue rien de spécial, à part cette plaque qui commémore la mort de Paganini. Elle rappelle Gustave, qui s'est déjà engagé sous la porte cochère.

- Regarde ce qui est écrit là-haut sur le mur. C'est à ce compositeur que le groupe s'intéressait. Comme ils habitent tous à l'endroit où il a vécu ça peut se comprendre. Et ça expliquerait la partition trouvée dans la poche de Mazzoli. Ils préparaient peut-être un hommage à Paganini destiné au quartier, pour la fête des voisins par exemple...

Gustave hésite. Sa collègue lui tend une perche. C'est le moment d'oser lui servir la soupe qu'il mijote dans sa tête depuis sa visite à l'Opéra. Parce qu'il a creusé sa théorie, Gustave. Il y a un moment qu'il a fait des recherches sur Paganini, fasciné par ce surnom qu'on lui donnait, le *diable*. Il a découvert à son tour la fabuleuse histoire du cadavre baladeur et il y a vu une confirmation de son hypothèse fumeuse concernant le manuscrit : Paganini sort de sa tombe cinquante ans plus tard, un exercice dont il a l'habitude, il prend l'apparence de Mazzoli et signe son œuvre du nom du diable, Méphisto. Gustave se garde bien de partager cette interprétation totalement absurde avec Audrey. Il lui en donne une version plus factuelle, mais complète, ou presque. Audrey, qui commence à penser elle aussi que Paganini joue un rôle dans cette histoire, l'écoute favorablement. Alors Gustave s'enhardit et lui communique sa dernière trouvaille :

- Mazzoli a été empoisonné par de la belladone, c'est un fait. Or, sais-tu comment on surnomme cette plante ?

- Non.

- L'*herbe au diable.* Il y a beaucoup d'allusions au diable dans cette histoire. Tu crois que c'est une coïncidence ?

- Mazzoli était obsédé par Paganini, au point de recopier ses partitions à la main, d'entraîner ses voisins à admirer la plaque commémorative de sa mort... Et on l'aurait empoisonné avec une plante qui évoque le surnom du virtuose ? C'est bizarre, en effet, comme si on lui en voulait de cet intérêt pour ce musicien.

En parlant, les deux OPJ sont arrivés devant la porte de Marie-Pierre. Elle ouvre, les laisse bien imprudemment entrer chez elle. Imprudemment, car elle aura beau nier avoir eu une relation amoureuse avec Alban, les deux policiers aux yeux affûtés ne manqueront pas d'apercevoir, au milieu du bazar qui règne chez elle, les planches sur les plantes toxiques qu'elle a eu le tort de tirer à l'imprimante. Et, bien au-dessus de la pile, celle de la belladone. Marie-Pierre finira sa journée en garde à vue.

****

Symphonie de cuillères sur casseroles dans la courette. Joël a vu Marie-Pierre monter dans le véhicule de la police. Il est urgent de prévenir les autres.

Les trois rescapés des Amis du 23, réunis chez Gérard, échangent leurs informations. Gérard expose ce qu'il a appris au commissariat. Les deux autres sont stupéfaits. Alban est mort de la même façon que Paganini, empoisonné à la belladone. Qu'est-ce que cela signifie ? Son assassin a un lien encore plus étroit qu'ils ne l'imaginaient avec celui du grand virtuose, c'est évident. Alors que tout le monde croit encore à une mort naturelle du maestro, le meurtrier, lui, sait très exactement ce qui s'est passé il y a cent quatre-vingts ans. Si ce n'est pas un catho, ni une huile de l'huile d'olive, ni un autonomiste, qui est-ce ?

Joël et Clara racontent à Gérard la découverte du violon et des clés cachés dans le faux plafond. Comment relier tous ces fils, le cadavre de Paganini disparu, planqué dans une cuve à huile, le vol d'un violon, un autre caché, et un assassin qui aujourd'hui tue un violoniste à la belladone et dans un moulin, copiant ainsi en tout point le mode opératoire utilisé pour un meurtre vieux de deux cents ans ?

Gérard repense à ses recherches aux archives.
- Tout pourrait être une affaire privée, un vol opéré il y a presque deux siècles. Paganini n'était pas d'une honnêteté à toute épreuve, Marie-Pierre nous a déjà rappelé cette histoire qu'il avait eue en France. Il n'a peut-être pas fait de trafic d'huile d'olive mais il a pu faucher un instrument de grande valeur qui ne lui appartenait pas. Ça, c'était dans ses cordes, si j'ose dire. Le propriétaire de l'objet l'empoisonne, mais pas seulement pour récupérer son bien. Le choix de l'*herbe au diable* n'est pas anodin. Il se croit investi d'une mission divine. Il punit l'incarnation du mal, qui vient de donner une nouvelle preuve de son absence totale de moralité.
- Tu as raison, dit Joël. Et admettons qu'à l'époque, ce type n'ait pas réussi à récupérer son violon et que l'objet ait disparu depuis deux siècles. Quelqu'un, aujourd'hui, connaît l'existence de ce trésor et ce qui est arrivé à Paganini. Quelqu'un qui habite ici, tout près. Il s'est rendu compte que nous cherchions le cadavre du virtuose. Il voit Alban circuler avec un violon et il se met dans la tête que c'est celui qui a été volé autrefois. Pour le récupérer, il n'hésite pas à tuer. Il a peut-être même pris Alban pour Paganini lui-même à cause de leur vague ressemblance due au syndrome de Marfan et il s'est identifié au justicier de l'époque. Un cinglé, qui a voulu rejouer une scène vieille de cent quatre-vingts ans.
- Il seraient deux à délirer alors, fait remarquer Clara. Le corbeau, qui nous envoie rechercher le corps de Paganini, et le vengeur, celui qui veut

récupérer le violon. Ils ont forcément un point commun, à part la folie.

- Si le corbeau est un descendant de Paganini, le vengeur d'aujourd'hui a peut-être un lien de parenté avec son assassin. On aurait deux familles rivales qui se font la guerre depuis deux cents ans. Une vendetta.

- Dans ce cas, il a eu deux raisons de tuer Alban : lui reprendre le violon et nous empêcher de retrouver le cadavre de Niccolò. Les analyses modernes pourraient révéler l'implication de sa famille dans ce crime ancien.

Peu rassurant, même si les amis du 23 n'ont plus à craindre un puissant lobby ecclésiastique, politique ou commercial. Ce type a déjà tué. Il pourrait bien s'en prendre à eux après s'en être pris à Alban, même s'ils ont cessé de chercher le cadavre du maestro.

L'avantage de cette nouvelle explication, c'est qu'elle fait l'unanimité dans le groupe, il est vrai considérablement réduit. Il ne reste plus qu'à mettre des noms. Clara et Joël partagent avec Gérard leurs soupçons sur Rufus. Soit il est le corbeau, descendant de Paganini, soit il est l'assassin d'Alban, descendant du vengeur, tous deux se tirant la bourre pour récupérer le fameux violon.

- Il faut agir. Marie-Pierre est en mauvaise posture. Je ne comprends pas pourquoi on l'a arrêtée, mais il est clair qu'elle est soupçonnée du meurtre.

- C'est peut-être en lien avec cette histoire de belladone. C'est elle qui a fait les recherches sur les plantes toxiques, avec Alban. Il faut qu'on la tire de là.

- Qu'est-ce que vous proposez ?

- On va chez Rufus et on le fait avouer.

Il n'y a plus personne pour suggérer qu'il est imprudent d'affronter un assassin potentiel, ni pour exclure Clara à cause de son jeune âge. Marie-Pierre a besoin d'un coup de main, la police est devenue une adversaire et on n'a pas d'autre piste. De plus, Maître-Queux est seul et il faut le nourrir au plus vite. Donc on n'a pas le choix. Ils sortent de chez Gérard et vont sonner à la porte d'en face.

Il n'échappe pas au sieur Rufus que les trois individus à qui il vient d'ouvrir en oubliant toute méfiance, exaspéré qu'il est encore par le concert de casseroles dans la courette, ont une attitude bien menaçante. La gamine au crâne rasé est plus flippante que jamais et plus rébarbative encore que sa garce de mère. Le vieux d'en face a en main une canne ferrée dont il n'avait pas vraiment besoin pour traverser le palier. Quant au maçon du premier, son tee-shirt souligne des biceps et des pectoraux qui découragent toute velléité de résistance. Il vaut mieux faire profil bas et tout avouer.

- Je sais pourquoi vous êtes là. Je ne suis pour rien dans l'arrestation de madame Klein. J'ai juste dit à la police ce que tout le monde a pu voir dans l'immeuble.

- C'est-à-dire ?

- Qu'elle et Alban Mazzoli se voyaient souvent, voilà, c'est tout.

- Vous ne leur avez quand même pas dit qu'ils étaient amants ?
- Moi, je ne me mêle pas des affaires des autres. On me demande ce que j'ai vu, je fais mon devoir de citoyen. Si la police a arrêté votre copine, c'est qu'elle a de bonnes raisons pour le faire.

Gérard agite sa canne à pommeau et Joël fait rouler ses muscles, mais c'est la petite aux ongles noirs et au regard dur qui fait le plus peur à Rufus. Et surtout la question qu'elle lui pose, parce qu'il ne la comprend pas du tout.
- Ça vous amuse d'écrire des lettres aux gens ?

Clara sort de sa poche un papier et un stylo.
- Écrivez : *le diable t'attend au fond de l'enfer*. Vite !

Son ton tranchant ne souffre pas de réplique. Rufus s'exécute. Il écrit à contrecœur cette phrase sinistre. Les trois se consultent du regard. Pas besoin d'être graphologue pour voir que l'écriture n'est pas la même que celle du corbeau. Si Rufus n'est pas l'auteur des messages, il est l'assassin d'Alban.
- Vous êtes attiré par les violons ?
- Vous êtes spécialiste en plantes toxiques ?
- En quoi ça vous dérange qu'on déterre un cadavre vieux de deux siècles ?

Rufus est terrorisé. Quand vous croisez le chemin d'un malade mental, c'est toujours impressionnant. Mais quand ils sont trois, qu'ils vous ont repoussé à l'intérieur de votre appartement en fermant la porte derrière eux et que vous êtes à leur merci, comment ne pas avoir peur ? Il balbutie :

- Qu'est-ce que vous me voulez, à la fin ?
- Avouez que vous étiez au moulin Alziari dans la nuit du 4 au 5 octobre.

Rufus espère que ses tortionnaires ne verront pas la tache qui s'élargit sur son pantalon au niveau de l'entrejambe. Il trouve à peine la force de murmurer.
- Du 4 au 5 octobre ? J'étais à l'hôpital. Regardez sur le meuble, là, j'ai encore les papiers de la sécu. Je m'étais blessé au pied, Ils m'ont gardé toute la nuit en observation.
- Vous vous êtes blessé en escaladant le mur de la courette, c'est ça ?
- Quoi ? Mais non, c'est un type qui a fait rouler son chariot de supermarché sur mon pied. Regardez, j'ai ma déclaration à l'assurance, là !

Les trois doivent reconnaître qu'ils ont fait chou blanc. Ils laissent le poltron à ses rancœurs au vinaigre, assez satisfaits quand même de lui avoir donné une leçon. Peut-être qu'à l'avenir il cessera de déblatérer sur ses voisins et qu'il laissera la mère de Clara tranquille. Il ne leur reste plus qu'à retourner au commissariat et à obliger la grande flic à écouter leur histoire. Ils vont tout lui raconter.

***

La garde à vue de Marie-Pierre a été prolongée de vingt-quatre heures. L'infâme tambouille qu'on dépose dans sa cellule est immangeable. Impossible d'identifier ce bouillon clairet baptisé soupe et ce magma infect qui veut passer pour de la purée. Elle essaie d'imaginer qu'elle déguste un minestrone au pistou, suivi d'un hachis parmentier délicatement parfumé à la sauge, mais dès qu'elle approche la cuillère de son nez, le démenti est flagrant. Elle rêve au repas qu'elle avait préparé pour ses amis. Depuis qu'ils se retrouvent deux fois par semaine, elle a bien affûté ses talents culinaires. Ce soir-là elle avait prévu, en entrée, des *barbajuans*(5) aux blettes et à la ricotta, en plat principal, des sardines farcies accompagnées de courgettes trompettes sautées et, en dessert, des pêches aux *amaretti*. Ce régal va être gâché maintenant !

Elle s'inquiète surtout pour son chat qui va mourir de faim si elle ne rentre pas à la maison. L'assiette de croquettes était pleine au moment de son arrestation. De quoi tenir deux ou trois jours mais pas plus. Pourquoi n'a-t-elle pas laissé un double de ses clés aux amis ? Elle n'a revu aucun d'entre eux depuis leur dernière réunion. Elle aimerait savoir si personne n'est tombé dans la courette, s'ils n'ont pas été arrêtés eux aussi, s'ils ont retrouvé le violon d'Alban. Quelle ironie ! Pour l'instant, c'est elle qui est tombée. Et qui s'y trouve, au violon !

Le pire, ce sont ces interrogatoires orientés. Cette Serfati cherche à tout prix à lui faire dire qu'elle était la maîtresse d'Alban. Quelle idée ! Elle n'a jamais pensé à lui autrement que comme à un ami. D'ailleurs, elle a peut-être quelqu'un, depuis peu, Marie-Pierre. Elle a rencontré un cuisinier qui faisait un remplacement au Millésime. Ils se sont vus

5 - Barbajuan : petit pâté frit en forme de demi-lune, farci de blettes, riz et fromage. Spécialité monégasque.

deux ou trois fois. Elle a osé s'acheter une jolie robe pour la circonstance. C'était bien. Ça n'ira peut-être jamais plus loin mais dans ses fantasmes, c'est à ce Sébastien qu'elle pense. Elle se verrait bien quitter la banque et ouvrir avec lui une petite auberge sur les collines, du côté de Saint-Pancrace ou d'Aspremont. Bien sûr elle ne va pas raconter ça à la grande flic.

La voici de nouveau sous le feu des questions. Curieusement, l'interrogatoire tourne cette fois autour de Paganini et de la belladone. Que savent-ils, exactement, à la police ? Marie-Pierre pourrait tout raconter, les lettres du corbeau, l'enquête sur le cadavre disparu, les raisons de ses recherches sur l'herbe au diable, mais elle a peur de révéler des éléments qui pourraient lui nuire. Elle regrette de n'avoir pas demandé les services d'un avocat. Elle ouvre la bouche pour en réclamer un quand le lieutenant à la démarche dansante vient interrompre sa collègue en lui murmurant quelque chose à l'oreille. La Serfati sort et revient un peu plus tard. Pas seule. Ils sont là, les amis. Ils ne l'ont pas abandonnée. Ils font front tous les quatre. Ils vont exposer ensemble à la police leur version des faits.

Enfin, on les écoute. Les lettres signées du diable, ça leur parle, cette fois, aux deux OPJ. Ils demandent à les voir, les examinent toutes soigneusement, très intrigués. Ils font le rapprochement avec la feuille trouvée dans la poche de Mazzoli, qu'ils font passer de main en main. Partition et messages fonctionnent sur le même principe : Paganini et l'enfer réunis sur un même document. Ah, vous dites que cette fameuse partition, c'est celle que Mazzoli avait préparée pour vous faire un récital *à la manière de* ?... Mais il n'y avait pas le dernier passage, celui de Boïto, vous êtes sûrs ?...

Le cadavre d'Alban qui disparaît comme celui de Paganini, ça ne fait plus ricaner personne. Si votre ami a été empoisonné à la belladone, c'est parce que Paganini l'a été aussi, selon vous ? C'est quand même curieux qu'aucun historien de l'art n'ait soulevé la question. Ils ont l'air de s'accorder aujourd'hui pour dire qu'il est mort d'un cancer du larynx, même s'ils ont cru longtemps que c'était du choléra, non ?... Et vous dites qu'Alban Mazzoli a caché vos clés dans son violon, et son violon dans son faux plafond ? Tiens, ça nous a échappé. Vous les avez laissés sur place ? On va aller les récupérer... Et vous pensez qu'il avait en sa possession un autre instrument ? Vous l'avez vu ? Vous êtes sûrs que ce n'est pas le même ? Vous n'êtes pas spécialistes en lutherie... Quelqu'un aurait voulu selon vous lui reprendre l'un ou l'autre de ces violons parce qu'il prétend en être le légitime héritier ?

Les deux OPJ se concertent. Il s'accordent à penser que les quatre olibrius du 23 sont sincères mais que leurs explications sont en grande partie extravagantes. Ils ont imaginé deux personnalités antagonistes derrière la machination dont ils ont été victimes. Celle d'un corbeau, pour lequel ils éprouvent bizarrement une certaine sympathie, qui les a chargés de retrouver le corps de Paganini, et celle de son adversaire, l'assassin d'Alban. Il faut une bonne dose de naïveté, ou d'ennui, pour croire à cette histoire de cadavre jamais identifié et de mission confiée à une bande de bras cassés plutôt qu'à des spécialistes. Tout comme à cette vendetta autour d'un violon qui durerait depuis deux siècles. Audrey et Gustave, quant à eux, pensent que ces gens sont abusés depuis le début, non pas par un descendant de Paganini ou de son ennemi juré, ni par Satan en personne, mais par une seule et même personnalité perverse, un manipulateur sacrément diabolique. Dans quel but ? Probablement l'appât du gain. C'est le mobile de la plupart des crimes.

- C'est plausible, s'il s'avère que le violon en question vaut une petite fortune. Mais lequel, celui du faux plafond ou celui qui a disparu ? D'ailleurs y a-t-il vraiment deux violons ? Et pourquoi ces messages anonymes ? Admettons que le voleur ait voulu faire peur à Mazzoli, pourquoi impliquer les quatre autres farfelus ?

- S'il possédait un tel violon, Mazzoli devait le surveiller, le cacher en lieu sûr. L'assassin a dû chercher à l'attirer dans ce moulin avec son trésor. Il faut qu'on comprenne comment le stratagème compliqué qu'il a mis en place lui a permis d'arriver à ses fins. Je vais voir ça avec l'équipe. Et avant, je vais essayer de recadrer un peu les quatre zigotos, leur expliquer qu'ils ont trop d'imagination et leur demander de rester tranquilles. Quand des amateurs se mêlent d'une enquête, c'est vraiment galère. Toi Gustave, va au 23 récupérer le violon du faux-plafond. Il faut qu'on sache si c'est celui que l'assassin convoitait. Quand la Scientifique l'aura examiné, tu le montreras aux collègues de Mazzoli pour savoir s'il en possédait un autre et si l'un des deux pouvait avoir de la valeur.

Voilà qui laisse le temps à Gustave de trouver un jour où l'orchestre répétera à l'Opéra. C'est dans ce temple de la musique chargé d'histoire, plutôt que dans les locaux modernes de la Diacosmie, qu'il préfère aller écouter la chanson que les violonistes voudront bien lui servir.

***

- Et maintenant, qu'est-ce qu'on fait ? On va attendre que la police fasse son boulot ?
- Non.
- Pas question.
- Tu plaisantes ?

Les arguments de la grande flic les ont tout de même déstabilisés. Surtout Marie-Pierre, encore marquée par son expérience des geôles niçoises mais soulagée d'avoir été rendue à ses fourneaux et à son chat. Elle a appris en même temps que la police la découverte des clés dans le violon et la mise hors de cause de Rufus. Impressionnée par la théorie des deux familles rivales élaborée par ses amis, elle était toute prête à y adhérer. Mais si les flics ont raison, si ce qui a tué Paganini n'est même pas le choléra, mais un cancer du larynx, et si la mort d'Alban est liée à un vulgaire cambriolage qui aurait mal tourné, ils n'ont plus le moindre bout de piste à suivre pour retrouver l'identité de l'assassin.

- Ce qui me gêne, dit-elle, dans l'hypothèse d'un crime crapuleux, c'est qu'elle n'établit aucun rapport avec notre recherche du corps de Niccolò. Elle n'explique pas non plus les messages du corbeau. Moi, je suis persuadée qu'il y a un lien. Admettons que cette histoire de clans rivaux soit un peu trop romanesque, il faut bien trouver une autre explication. On ne peut pas compter sur les policiers. J'ai vu de près comment ils travaillent. Ils s'en tiennent aux faits. C'est normal, dans leur boulot. Mais ils manquent d'imagination. Sans imagination, on ne peut rien faire, aucune grande découverte scientifique n'aurait été possible. Culinaire, non plus.

Marie-Pierre pense à sa dernière conversation avec Sébastien. Il avait tenté de la joindre pendant qu'elle était retenue au commissariat. Elle l'a rappelé. Cela lui a fait un bien fou. Ils ont parlé deux heures au téléphone. Ils ont échangé toutes sortes d'idées originales pour créer de nouvelles recettes à partir des productions locales, blettes, courgettes de Nice, brocolis, tomates, poissons de la Méditerranée, huile d'olive évidemment. Elle a lancé l'idée d'agrémenter les plats de fleurs comestibles, comme l'œillet de poète au parfum doux, la fleur de bourrache au goût de concombre, ou la capucine qui rappelle le wasabi. Sébastien s'est montré enthousiaste. Il a suggéré la gesse, qui évoque la saveur sucrée du petit pois, et même le bégonia, à l'arôme citronné. Ils sont vraiment sur la même longueur d'ondes...

- Ce qui est absolument indiscutable dans notre hypothèse, c'est que ce violon est essentiel, relance Joël.

- Comment peux-tu en être aussi sûr ?

- Parce que je viens de comprendre pourquoi Alban a caché des clés dans cet instrument.

- Explique-toi.

- C'est comme un message pour nous. Ces clés sont celles de Clara mais ça n'a rien à voir avec elle. Il a simplement voulu nous dire que c'est dans un violon que se trouve une autre clé, celle de l'énigme.

Bien sûr ! Ils auraient dû comprendre tout de suite. Joël est chaudement félicité. Sa découverte génère une intense réflexion. La solution se trouve dans un violon, mais lequel ? L'autre, forcément, celui qu'Alban a utilisé pour le spectacle qu'il leur a donné. Un silence s'installe. Marie-Pierre en profite pour apporter des ganses parfumées à la fleur d'oranger. On les sert traditionnellement au Carnaval, mais personne ne lui en veut d'en proposer au mois d'octobre. Elles stimulent la perspicacité, il faut croire : Gérard s'étonne lui-même de l'idée qui vient de lui traverser l'esprit.

- Et si on se trompait depuis le début ? Et si le corbeau n'avait jamais voulu nous faire retrouver la dépouille de Paganini ? La chanson de Boris Vian voulait seulement nous mettre sur la piste du musicien, comme la recette reçue par Marie-Pierre, les lieux reçus par Joël, ou l'allusion à la maladie d'Alban, ni plus ni moins.

- Pourquoi nous brancher sur Paganini alors ?

- Pour qu'on retrouve, non pas son cadavre, mais son violon, l'instrument magique du plus grand violoniste de tous les temps. La clé de l'énigme, c'est ce violon lui-même.

Clara embraye. Elle n'a même plus besoin d'invoquer l'aide de Lisbeth. Elle pense plutôt à son créateur, Stieg Larson, l'auteur de *Millenium*. C'est à lui maintenant qu'elle aimerait ressembler. Pour la première fois, elle arrive à s'imaginer un avenir. Écrivain, voilà un métier qui lui conviendrait bien.

- Ce violon, Alban découvre qu'il l'a en sa possession. Quand nous avons fait toutes ces recherches sur le violoniste, il est tombé sur un document qui lui a fait comprendre qu'il possédait un véritable trésor. Un stradivarius, ça vaut déjà des millions. Avoir été le *violon du diable* double encore sa valeur. Du coup, notre ami prend peur. Il fait le lien avec les messages du corbeau, il comprend que nous avons fait fausse route avec cette histoire de cadavre perdu, que toute cette machination vise uniquement à lui prendre son trésor, que le corbeau n'est pas forcément un descendant de Paganini, qu'un chantage se prépare et que si on nous a impliqués dans l'affaire, c'est pour exercer une pression contre lui. On nous menacera et on lui demandera son violon en échange de nos vies...

- Tu veux dire que le corbeau et le voleur sont la même personne ?

- Oui. Alban voulait m'expliquer tout ça au moulin Baudelaire. Il a apporté le violon du maître pour me le montrer, peut-être pour me le confier. Mais le voleur l'attendait, l'a assommé. Je l'ai dérangé en arrivant. Il s'est planqué et il a attendu mon départ pour récupérer l'instrument avant qu'Alban ne se réveille. Je n'aurais jamais dû m'en aller ! Dire que, comme une gourde, j'ai cru que c'était Paganini qui était là, par terre !

- Tu as bien fait de partir, ça t'a peut-être sauvé la vie. Mais pourquoi Alban a-t-il disparu ensuite, jusqu'à ce qu'on le retrouve, mort, au moulin de la Madeleine ?

- Le voleur l'a peut-être séquestré avant de le tuer ?

- Ça m'étonnerait, dit Marie-Pierre. Il n'a pas pu le tenir enfermé dans ce moulin pendant quatre mois, et s'il le gardait prisonnier ailleurs, comment aurait-il pu l'y entraîner de force sans qu'il donne l'alerte ? Je pense qu'en fait notre ami, après avoir été assommé rue Baudelaire, s'est réveillé et qu'il a récupéré son violon, que l'autre n'avait pas vu.

- Mais qu'est-ce qu'il a fait ensuite pendant tout ce temps ? Pourquoi n'est-il pas venu nous raconter ce qui se passait ? Ensemble, on aurait trouvé une solution. Au pire, on serait allés à la police.

Gérard propose une explication.

- Jusque là, tout n'était qu'un jeu pour nous. Quand il a compris qu'il y avait du danger, Alban a préféré continuer à enquêter tout seul pour découvrir l'identité du corbeau. Il ne nous a rien dit pour ne pas nous inquiéter et il s'est caché pour éloigner de nous le péril, puisque c'était lui le problème. Je crois que s'il est mort, c'est parce qu'il s'est sacrifié. Selon moi, il a proposé au voleur de lui donner le stradivarius pour qu'il cesse de nous menacer. C'est pour ça qu'il avait apporté son violon au moulin Baudelaire, pensant que Clara était en danger et qu'il aurait besoin d'une monnaie d'échange. En fin de compte, même si ça ne s'est pas passé ce jour-là et qu'il a eu droit à un sursis de quatre mois, il a donné sa vie pour nous sauver.

- Il a donc fini par découvrir qui c'était, ce corbeau voleur de violon !

Marie-Pierre frissonne.

- Alban aurait lui-même attiré son assassin au moulin Alziari ? À l'endroit où le corbeau avait donnée rendez-vous à Clara ? Pourquoi ?

Et si Alban avait envoyé au voleur un message signé Clara pour l'attirer dans le moulin ? Aurait-il appris que l'affreux bonhomme n'appréciait pas seulement les violons mais aussi la chair fraîche ? Marie-Pierre préfère noyer le poisson avant que cette idée effroyable n'arrive dans l'esprit de quelqu'un d'autre.

- Si Alban lui avait donné le violon, le voleur n'aurait pas eu besoin de le supprimer.

- Bien sûr que si ! Il devait se débarrasser d'un témoin qui l'avait percé à jour.

- Ou alors, Alban a essayé de lui refiler un faux stradivarius après avoir caché le vrai dans un endroit sûr, donc forcément ailleurs que chez lui. L'autre, furieux, s'est vengé.

- En l'empoisonnant ? C'est rare pour un meurtre improvisé. Et justement avec une herbe sur laquelle nous faisions des recherches ?

- En tout cas, ça veut dire que le corbeau est au courant de tout ce qu'on fait, qu'il est là, tout près. Mais qui est-ce, bon sang ?
- Pas les Russes.
- Pas Rufus.
- La smala du premier ?
- Les étudiants ?
- Ta mère, Clara ?
- Tu es fou ?
- Ou ta sœur, Joël ?
- Non mais ça va pas ? Pourquoi pas Tobias, tant que vous y êtes !
- Ou ma grand-mère ! dit Clara.

Même s'ils sont arrivés enfin à élaborer un scénario beaucoup plus réaliste que leurs élucubrations passées, ils ignorent toujours l'identité de l'assassin. Force est de constater que sur ce point, depuis le début, ils n'ont fait que *pédaler dans la choucroute* selon Marie-Pierre, *essuyer les plâtres* selon Joël, *pisser dans un violon* selon Gérard. Clara est plus radicale : les Amis du 23 sont de *satanés nullards*.

❊❊❊

À Auvare, Audrey et son équipe se sentent démunis, eux aussi. Aucune piste n'émerge et le mystère reste entier.

Un collègue a travaillé sur la belladone. Deux baies suffisent pour faire mourir un enfant, une quinzaine pour un adulte. Toute la plante, bourrée d'atropine, est toxique. Si on en ingère par accident, on peut parfois s'en tirer, mais Mazzoli, lui, n'avait aucune chance. Le syndrome de Marfan dont il souffrait provoquait une dilatation de l'aorte qui rendait l'atteinte cardiaque inévitable. Où l'assassin a-t-il pu en trouver ? Dans la nature, sans doute. Il n'y en a pas beaucoup dans nos régions mais il est possible d'en ramasser dans l'arrière-pays. N'importe qui pouvait s'en procurer.

On a cherché aussi des témoins présents au moulin la veille du meurtre. On a questionné de nouveau les employés, personne ne se souvient d'avoir vu Mazzoli parmi les touristes, malgré son physique caractéristique. Les étrangers venus en visite ce jour-là étaient rentrés chez eux. Impossible de les joindre.

Il restait à questionner la guide qui avait encadré la dernière visite, celle des Autrichiens. On avait dû attendre qu'elle revienne d'un séjour en Chine. Par chance, elle a reconnu Alban sur la photo. Elle a assuré avoir été impressionnée par son physique ingrat et sa haute taille. Il avait quelque chose d'effrayant. Elle s'était demandé ce qu'il faisait là, puisqu'il était le seul avec les employés du moulin à ne pas faire partie de son groupe de touristes. Mais elle n'en avait pas fait la remarque, ça ne la regardait pas. Il n'était pas accompagné, elle en était certaine.

Audrey doit se rendre à l'évidence, personne n'a vu l'assassin.

Gustave, pendant ce temps, pénètre avec émotion dans le hall de l'Opéra. Depuis qu'il a lui-même affronté le public, qu'il a cru mourir de trac et qu'il a eu son petit succès auprès de ses proches, il comprend mieux les artistes. Ce qui l'a le plus ému, c'est le regard admiratif de sa compagne, Clotilde, après le spectacle. Jamais il n'en avait obtenu autant après l'arrestation d'une bande de casseurs ou d'un assassin. Il la comprend. La danse, ça vous fait vivre dans la beauté. Le métier de policier, c'est la confrontation incessante avec ce que l'être humain produit de plus laid. Si ses parents avaient été moins arc-boutés sur leurs préjugés, s'il avait commencé la danse plus tôt, il ne serait jamais entré dans la police et c'est ici, à l'Opéra, sous ces ors et ces fresques, qu'il travaillerait. C'est tout de même plus glamour que la caserne Auvare ! Comme il porte dans son étui le violon récupéré chez Alban, il s'imagine un instant qu'il est musicien et qu'il vient répéter avec le Philharmonique. Le métier offre parfois de petites échappatoires dans le rêve.

Quand Gustave entre dans la salle, la répétition vient de se terminer. Il demande à parler aux deux violonistes qui avaient tenté de le renseigner la première fois. Ils confirment que l'instrument qu'il leur montre est bien celui qu'utilisait Alban à l'Opéra. On ne lui en a jamais connu d'autre. Si celui-ci a de la valeur ? Ni plus ni moins que les leurs, c'est un violon de concert plutôt ordinaire, dans les quatre mille euros neuf.

On a déjà vu tuer pour moins que ça. Mais mettre en œuvre cette stratégie compliquée pour s'approprier un instrument qui n'intéressera aucun collectionneur et qui, d'occasion, ne rapportera plus que quelques centaines d'euros, c'est bien improbable. Quant à l'autre violon, celui qui vaudrait potentiellement une fortune, personne ne l'a vu ni n'en a entendu parler, à part les quatre originaux de l'immeuble, qui ne connaissent rien à la musique.

Audrey, tenue au courant, espère obtenir du procureur l'autorisation de lancer une perquisition à l'Opéra et à la Diacosmie, pour voir si Mazzoli, ou son voleur, n'y a pas caché l'autre violon. Mais ce sera difficile. La Diacosmie est gigantesque et il va falloir mobiliser du monde. Quant à l'Opéra, c'est une véritable institution à Nice. Pour justifier la demande, on n'a que le témoignage d'une bande d'exaltés sur l'existence très éventuelle d'un pseudo-stradivarius...

***

Toujours marqués par la mort d'Alban, les Amis du 23 ont réfléchi toute la semaine à l'identité possible du corbeau assassin, au-delà des hypothèses farfelues envisagées lors de leur dernière réunion. Alban le connaissait, soit. Mais ils ne savent rien de ses fréquentations. Qui voyait-il en dehors de ses collègues de l'Orchestre Philharmonique et des amis du 23 ? Personne n'envisage un instant que le coupable puisse être l'un d'entre eux. Se soupçonner, maintenant qu'ils sont habitués à faire bloc, serait une épreuve dont personne ne se remettrait.

- On n'a aucun indice pour découvrir le salaud qui a fait ça. C'est désespérant.

Le moral serait au plus bas si Marie-Pierre ne leur avait pas mitonné de petits farcis à la niçoise qui fondent dans la bouche. La totale : courgettes rondes, oignons doux, aubergines, poivrons cornes, tomates, tous remplis d'un hachis d'agneau et de parmesan, relevé d'ail et de persil et aromatisé pour chaque légume du parfum de sa propre chair écrasée. De quoi reprendre des forces et de l'allant. Joël fait le point.

- On a une piste, une seule, c'est ce satané violon, et manque de bol il a disparu. Nous pensons qu'il peut s'agir d'un stradivarius ayant appartenu à Paganini mais ce n'est pas prouvé. C'est peut-être seulement un instrument de valeur. À part nous, personne ne l'a vu. Sauf l'assassin, s'il a réussi à le voler. Si c'est un collectionneur et qu'il le garde pour lui, nous ne le retrouverons jamais. S'il l'a fauché pour en jouer lui-même, ça signifie que c'est un musicien, peut-être un collègue d'Alban au Philharmonique. Ce n'est pas mieux pour le coincer. Nous ne sommes pas la police. Nous ne pouvons pas aller fouiller chez tous les violonistes de l'orchestre pour voir s'ils cachent ce trésor chez eux.

- Même la police aurait du mal, dit Gérard. On ne perquisitionne pas comme ça chez les gens sans raison valable.

- Alors espérons que l'assassin cherche seulement à se faire du blé. Dans ce cas, il faudrait que nous en sachions davantage sur ce violon. Nous l'avons baptisé *stradivarius* parce que c'est le seul luthier de prestige que nous connaissions, mais il y en a sûrement d'autres. En connaissant la marque de fabrique, nous pourrions chercher sur Internet où de telles pièces peuvent être monnayées.

- Oui, ça peut aller du Bon Coin à des sites beaucoup plus spécialisés, voire illicites.

- Et si Alban a réussi à cacher son trésor quelque part et qu'il a refilé un leurre à l'assassin ?

- Dans cette hypothèse, il faut qu'on trouve la cachette.

- Dans les deux cas, il faudrait déjà que nous soyons capables de reconnaître ce violon.

- Comment voulez-vous qu'on fasse ? On n'y connaît rien. Dommage qu'on n'ait pas pris de photo. Essayons de le décrire. On va noter tout ce qui nous revient. Clara ?

- Pour moi, un violon, c'est un violon. J'ai tout de suite vu que celui qu'on a trouvé dans le faux plafond chez Alban n'était pas celui qu'il avait utilisé le jour où il nous a fait cette démonstration de dingue, mais je suis infoutue de dire pourquoi... La couleur, peut-être ?

- Oui. Il était plus foncé. Le bois est peut-être différent. À toi Marie-Pierre.

- Il avait une étiquette derrière, tout abîmée, je me rappelle. Mais je n'ai pas vu ce qui était écrit dessus.

- Gérard ?

- Il n'avait pas l'air neuf...

- Ça fait effectivement penser à un instrument ancien... Je propose d'aller au Palais Lascaris. Ils ont une collection d'instruments d'autrefois. On pourrait essayer d'en trouver un qui lui ressemble.

Cette fois, ils ne se séparent pas. Ils traversent ensemble le vieux Nice pour rejoindre la rue Droite, Ils entrent dans le palais, bâti au XVIIe siècle pour l'une des principales familles de la noblesse niçoise, les Lascaris-Vintimille. Depuis, le bâtiment a été racheté par la ville de Nice qui en a fait un musée. Joël connaît bien le lieu mais pour les autres, c'est une découverte. Ils sont impressionnés par le monumental escalier baroque orné de statues, puis par les fresques et les ors flamboyants des pièces de réception du deuxième étage. Ils se dirigent vers les deux salles de la collection Gautier, l'une des plus importantes d'Europe en matière d'instruments de musique, dixit Joël.

La visite est fort intéressante. Marie-Pierre s'émerveille devant les minuscules violons-pochettes, si petits que les maîtres à danser du temps de Louis XIV pouvaient les transporter dans leur poche.

Une seule pièce leur rappelle vaguement l'instrument qu'ils cherchent. Il s'agit d'un *quinton* du XVIIIe siècle. Ils apprennent que c'est un intermédiaire entre la viole et l'alto et qu'il se joue posé sur les genoux. Rien à voir avec l'usage que faisait Alban de son instrument. Ils ont l'air tellement désolés qu'une dame d'un certain âge les interpelle gentiment.

- Je peux vous aider ? Vous avez perdu quelque chose ?

- Oui. La boussole. Nous sommes empêtrés dans une histoire de diable dont nous n'arrivons pas à sortir. Vous vous y connaissez en violons, vous, par hasard ?

- Pas du tout. Mais je m'y connais en diableries. Le violon, c'est l'instrument du mal, vous le savez, ça ?

- Vous voulez dire l'instrument de Satan ? Oui, on sait que c'est à cause de Paganini, qui était violoniste et qui était surnommé le *diable.*

- Oh non ! C'était bien avant ! Ça date du Moyen-Âge. La vielle, ancêtre du violon, était moins bien considérée que la trompette, par exemple, parce que l'intensité du son était plus faible. Les instruments à cordes en général étaient qualifiés de bas, les instruments à vent de *hauts*. Or il se trouve que dans l'imaginaire collectif, en bas, il y a l'enfer, en haut, le paradis. Résultat, on a fait l'amalgame et le violon a acquis une mauvaise réputation. Après on en a rajouté, surtout à l'époque romantique. On a décrété que le son de l'archet sur les cordes évoquait le miaulement du chat, animal maléfique par excellence, et que la caisse, le plus souvent en érable, était rouge comme le sang. Un tas de légendes se sont greffées là-dessus. Dans les danses macabres, les squelettes entraînaient souvent les vivants dans leur farandole mortelle en jouant du violon. Cet instrument infernal est considéré par certains non pas comme un simple objet utilisé par Satan, mais comme son avatar. Le violon, c'est le diable en personne.

Brrr ! Glaçant. Voilà pourtant qui ouvre de nouvelles perspectives sur l'interprétation des messages du corbeau. *Je t'offre ton rêve en échange de ton âme...*

Bien sûr ! C'est le violon qui parle. Lui qui donne rendez-vous à Clara, lui qui, ayant perdu son *âme*, ce petit morceau de bois essentiel à la qualité de ses vibrations, réclame la sienne à l'un d'entre eux pour la remplacer. Une évidence !

Joël, le plus incrédule de la bande, ne suit pas.

- Dites, les gars, vous ne voulez quand même pas dire que l'assassin d'Alban est un violon ?

- Non, mais que, dans ses lettres, le corbeau le personnifie et lui donne la parole. Ça confirme bien ce qu'Alban a voulu nous dire : c'est le violon qui nous donnera la solution, si on arrive à le faire parler.

- Ce qui est certain, c'est que si on ne retrouve pas ce maudit instrument, on ne saura jamais qui a assassiné Alban. On ne peut pas renoncer.

Même s'il ne rédige plus depuis longtemps le compte-rendu des séances, Gérard vient de résumer parfaitement la pensée collective.

***

Contre toute attente, le procureur a donné l'autorisation de perquisitionner. Il est vrai que l'affaire, au début bizarrement étouffée, a fini par filtrer. L'opinion commence à s'interroger sur l'inertie de la police. Les adjectifs en -eux prolifèrent dans les articles de *Nice-Matin*, dont l'éloquence se hisse à la hauteur de l'indignation ressentie. *Il serait scandaleux que reste impuni le meurtre odieux d'un artiste talentueux employé par l'un des plus prestigieux Opéras de France et perpétré au sein du fleuron le plus fameux de la filière oléicole niçoise...*

Audrey et son équipe, considérablement renforcée, commencent par la Diacosmie, énorme bâtiment situé dans les quartiers ouest de la ville, non loin du Var. C'est la face cachée de l'Opéra de Nice. On y fabrique et on y entrepose dans d'immenses salles les décors et les costumes. Plus de six mille tenues de scène. Et toutes sortes d'ateliers, sur plusieurs étages : menuiserie, peinture, ferronnerie, sculpture, couture, tapisserie, passementerie, coupe, perruquerie... Audrey a envie de crier au secours. Comment perquisitionner dans ce fatras ? Alban Mazzoli ou son voleur aurait bien pu y cacher deux cents violons sans que personne ne s'en aperçoive.

Ce n'est pas tout. Dans le même bâtiment, on a reconstitué à l'identique deux scènes locales, celle de l'Opéra, 288 mètres carrés, et celle d'Acropolis, 1080 mètres carrés, pour que les artistes puissent y retrouver les conditions exactes des représentations. Il y a encore une salle réservée aux répétitions de l'orchestre, une autre pour le chœur et une autre encore pour le corps de ballet. Sans compter des studios de dimensions plus modestes, pour pouvoir travailler en petits groupes. Et enfin une vraie salle de spectacle, pour organiser des représentations d'un nouveau genre dans ce quartier en plein essor.

L'équipe d'Audrey et les spécialistes venus en

renfort mettent une semaine pour tout fouiller. En vain. Vu les circonstances, ils n'évaluent qu'à quatre-vingts pour cent l'efficacité de la perquisition. C'est peu satisfaisant, mais il va quand même falloir passer à ce qu'Audrey appréhende le plus, la fouille de l'Opéra lui-même, fermé en même temps que la Diacosmie pour que personne ne puisse faire disparaître un éventuel indice.

Le débarquement des forces de police ne passe pas inaperçu dans le quartier. La rue Saint-François-de-Paule, très animée la nuit, n'est pas coutumière d'une telle agitation le matin. Les passants, refoulés derrière des barrières, s'attroupent. Tout de même, investir l'Opéra, notre Opéra, ça ne se fait pas ! C'est une insulte aux Niçois, à la musique, à l'art en général ! Ils vont tout salir, et s'ils abîment quelque chose, ce sont encore les impôts locaux qui vont augmenter ! Ils ne font jamais rien, ces flics, et quand ils bougent, c'est pour persécuter les honnêtes gens. Et vous remarquerez qu'ils ne lésinent pas sur les effectifs, sauf quand il s'agit de risquer sa vie en allant dans les zones de non-droit. Là, il n'y a plus personne...

Audrey a l'habitude de ce genre d'invectives, aussi bien dans les journaux que dans la rue ou sur les réseaux sociaux. Elle gère, mais de moins en moins sereinement avec l'âge. Risquer sa vie quotidiennement pour servir la justice et protéger des ingrats, ça finit par lasser.

Les policiers déployés pour l'opération sont nombreux, il faut le reconnaître. Autant que pour la

Diacosmie. Inspecter les cinq mille mètres carrés de la salle et des coulisses de l'Opéra, ce n'est pas rien non plus. Ils empruntent l'entrée des artistes, dans la rue Raoul-Bosio, franchissent le sas d'entrée, montent le raide escalier qui dessert l'autre face cachée de l'institution.

On commence par les combles, tout là-haut, sous la charpente métallique sortie de l'atelier de Gustave Eiffel, puis on redescend pour explorer les salles de répétition et les loges des artistes. On s'attarde au rez-de-chaussée dans le vestiaire réservé aux musiciens de l'Orchestre Philharmonique. Chacun possède un casier. Dans celui d'Alban Mazzoli, on trouve un étui à violon, vide. Rien de bien étonnant dans les affaires d'un violoniste. Il reste à inspecter les cintres, la scène, la grande salle à l'italienne, avec ses trois étages de loges et ses mille quatre-vingts sièges. Même s'il y a peu de chances que Mazzoli ou son assassin ait caché quoi que ce soit sous le fauteuil d'un spectateur, c'est la procédure. Il faut aller au bout de la perquisition, qui dure toute la journée.

L'Opéra ne révèle rien de plus et Audrey est dépitée. Tout ce branle-bas pour un simple étui à violon ! Il semble tout à fait ordinaire. Il ressemble comme deux gouttes d'eau à l'autre, celui que la bande d'excentriques a retrouvé dans le faux plafond. Mazzoli a dû se procurer un lot de deux étuis identiques. On le fera quand même examiner par la Scientifique, sans grand espoir. Certes, cet autre étui vide accrédite la thèse d'un second violon, mais sans en apporter la preuve, Audrey le sait bien. Sans donner non plus la moindre indication sur ce que cet autre instrument est devenu, s'il existe.

Ni la Diacosmie ni l'Opéra n'ayant parlé, il ne reste que ce fichu moulin à huile. C'est là que se trouve peut-être encore la clé de cette énigme à la Gaston Leroux. Mais ni Audrey, ni Gustave, ni les membres de leur équipe n'ont plus d'idée sur les investigations qu'on pourrait y mener. Comment retrouver un assassin fantôme, que personne n'a vu et qui n'a laissé aucune empreinte digitale, qui est sorti du moulin sans clé et sans forcer la porte, dont le corps spectral ne déclenche pas les alarmes, pourtant en parfait état de marche ?

Audrey est obligée de dresser un constat d'échec devant la brigade réunie. Elle n'aime pas s'avouer vaincue. Ça ne lui est jamais arrivé, à part pour ce putain de tricot qu'elle a fini par jeter à la poubelle dans un moment de rage. Et il va falloir qu'elle enterre aussi l'affaire du moulin ? Deux revers en deux jours. Elle se demande si elle n'a pas atteint la limite d'âge. Elle se sent encore combative pourtant, mais s'ils ne retrouvent ni violon de prix, ni assassin tangible, ni fil conducteur à part l'histoire rocambolesque du cadavre de Paganini disparu et du double empoisonnement à la belladone à deux siècles d'écart, évoquée par une bande d'asociaux en mal de reconnaissance, il va bien falloir classer l'affaire Mazzoli...

Cette absence totale d'indices pourrait bien malgré tout recevoir une explication. Audrey n'en voit qu'une seule. Elle repense à cette fameuse partition écrite de la main de la victime et signée du diable. Elle commence à deviner ce qui a pu se passer, mais impossible de le prouver. Il est probable que sa nouvelle théorie restera lettre morte...

Avant de clore le dossier, elle aimerait pourtant faire une dernière virée au 23, dans le studio du musicien. Ils ont déjà perquisitionné, mais puisqu'ils sont passés à côté du violon caché dans le faux plafond, d'autres indices peuvent leur avoir échappé. Inutile d'emmener beaucoup de monde. Gustave suffira.

***

Le lycée n'est pas le collège. On ne s'y moque plus de Clara. Même si elle fréquente peu les autres, son allure ne gêne personne. Elle n'est plus la seule à se distinguer par une tenue originale. Avec l'âge, on cherche moins à ressembler à tout le monde et on respecte davantage les différences. Elle a repéré aussi dans les couloirs d'autres fondus de lecture qui comme elle ont toujours un bouquin à la main et elle a pu avoir quelques échanges avec certains.

Elle n'a donc plus besoin d'inventer pour sa grand-mère des journées de classe faussement idylliques. Et puis elle a de vrais bons moments à lui faire partager. Elle lui raconte les délicieux repas préparés par Marie-Pierre, la complicité établie avec Joël et Gérard. Elle passe sous silence son chagrin causé par la mort d'Alban mais elle évoque souvent l'expédition dans la vallée des merveilles. Elle lui parle aussi de ses projets. Ça te plairait, Mamie, que je sois écrivaine ? Elle espère l'amuser en lui racontant les mots d'enfant de Tobias, les BD qu'elle lui lit. Elle commente l'évolution de son *look*. Tu me préfères comme ça, avec les cheveux un peu plus longs ou comme avant, avec la boule à zéro, hein Mamie ? Elle lui fait admirer ses tatouages. Les fleurs sur les bras, le violon entre les deux épaules...

Clara croit rêver. Il y a eu comme une lueur dans les yeux fixes de sa grand-mère. Qu'est-ce que c'est ? Tu aimes les tatouages, Mamie ? Moi qui pensais que tu serais choquée ! Ce ne sont pas les fleurs, c'est le violon qui déclenche cette petite lumière. Tu aimes la musique ? Clara n'a jamais pensé à solliciter l'esprit perdu de sa grand-mère en lui mettant un vieux CD, par exemple. D'ailleurs, personne n'a de lecteur dans cette maison. Elle cherche sur YouTube. Elle lui fait entendre des chansons d'autrefois, mais la lueur ne revient pas. Qu'est-ce qu'elle aimait, Mamie, comme musique, quand elle était jeune ? Le jazz ? Et si elle essayait un morceau de violon ? Dommage qu'Alban ne soit plus là. Clara ne connaît que les *Caprices* de Paganini. Elle trouve une interprétation du numéro vingt-quatre...

Cette fois, elle en est sûre, sa grand-mère réagit, son regard s'anime, elle semble un instant découvrir sa petite-fille et la pièce dans laquelle elle vit. C'est de très courte durée, juste un flash, mais Clara est heureuse.

- Maman, tu savais que Mamie adorait le violon ?

- Ta grand-mère ? Penses-tu ! Elle n'a sûrement jamais vu un violon de sa vie. Tu sais, elle a eu une enfance difficile. À la campagne, à l'époque, on n'avait pas trop de loisirs. Elle s'occupait des bêtes. Plus tard, ce n'était pas mieux, elle et ton grand-père se levaient tous les jours à cinq heures et travaillaient dans les champs jusqu'au soir pour nous nourrir, moi et mes quatre frères et sœurs. Alors, écouter de la musique, elle n'en a jamais eu le temps.

- Elle en a entendu chez nous, à la télé, peut-être ?

- Depuis qu'on l'a prise avec nous, tu le sais aussi bien que moi, elle n'a jamais été capable d'utiliser la télé toute seule et ni toi ni moi n'aimons la musique classique. Enfin, pas moi. Toi, peut-être ?

Clara a découvert le violon en écoutant Alban répéter. Elle ne voit pas comment Mamie l'aurait pu. Elle ne bouge pas de sa chambre, qui ne donne pas sur la courette. De chez elle, on ne peut pas percevoir ce qui se passe à l'étage au-dessus. Où diable a-t-elle pu entendre jouer du violon ?

***

C'est la vérification de la dernière chance. Ni Audrey ni Gustave n'ont assisté à la première perquisition au domicile d'Alban Mazzoli. On peut voir là une faute professionnelle. Mais ce jour-là on les avait envoyés d'urgence sur un autre drame, deux petits vieux morts après avoir ingéré de la poudre pour lave-vaisselle. Il s'agissait d'un double suicide pour éviter la maison de retraite. Une horreur. Il fallait avoir le cœur bien accroché pour se supprimer de cette façon. C'était tellement impensable qu'on avait d'abord cru à un meurtre. Pour le 23 rue de la Préfecture, Audrey faisait confiance à l'équipe. Elle avait tort.

En entrant dans ce studio abandonné, les deux OPJ sont affectés par la tristesse ambiante. Les scènes de crime bien sanglantes, les chairs décomposées ou brûlées, c'est terrible mais ils ont appris à s'en prémunir. Tandis qu'ici, dans cet intérieur qui sent le malheur et la solitude, ils ne savent pas contrôler leur malaise. Ils se reprennent pourtant et font leur métier. Ils fouillent le pauvre logement de A à Z. Et ils arrivent au fameux faux plafond. Gustave s'émerveille.

- Ils sont doués, quand-même, ces ostrogoths ! Il fallait le savoir, qu'il y avait un faux plafond dans ces combles. On ne dirait pas. La pièce conserve une belle hauteur.

- Il doit y avoir peu d'écart avec l'ancien plafond. Monte un peu voir.

Gustave s'exécute. Il n'avait pas trop fait attention à sa première visite. Il s'était contenté de passer la main dans l'ouverture pour récupérer le violon. Il sait néanmoins comment procéder : tirer la table, y poser une chaise...

- Oui, il n'y a qu'une vingtaine de centimètres entre les deux plafonds, juste de quoi glisser l'instrument dans son étui... Attends, il y a un truc...

Gustave a passé la tête par le trou du plafonnier.

Il voit mal. L'ouverture est relativement large mais c'est justement la hauteur qui manque. Il se cogne le sommet du crâne. Des fils électriques le gênent. Malgré tout il a deviné comme une masse sombre, au fond.

- L'endroit n'a pas été fouillé, il y a quelque chose.

Trop loin pour l'attraper sans outillage. Revenir avec une équipe ? Ça va encore traîner. Audrey n'en peut plus de cette affaire. Et depuis qu'elle est entrée chez Mazzoli, l'histoire des deux vieux suicidés au produit vaisselle est revenue l'obséder, elle devine bien pourquoi. Il faut trouver une solution au plus vite et en finir avec cet endroit.

Elle décide d'aller frapper aux portes pour emprunter un balai. Ils évitent les magasins du rez-de-chaussée pour ne pas faire jaser dans le quartier. Le Russe de service ne comprend pas ce qu'on lui demande, les étudiants n'ont pas ce genre d'ustensile, à croire qu'ils ne font jamais le ménage. Il n'y a personne au premier, ni chez les Portal, ni chez l'affreux Rufus, ni chez Marie-Pierre Klein, ni chez Joël Ménard. Normal, à cette heure-là tout ce petit monde travaille. Gérard Vogade est à la retraite, lui. Il se trouve qu'il possède un balai. La difficulté, c'est plutôt de se débarrasser du vieux, une vraie sangsue. Audrey est obligée de donner de la voix pour l'empêcher d'entrer avec eux chez Mazzoli.

Mais Gérard colle son oreille derrière la porte. Il le sait bien lui, qu'on entend tout au travers. Rufus est venu plusieurs fois se plaindre parce qu'il écoutait des chansons, alors qu'il règle toujours le son au plus bas.

Il perçoit pas mal de raffut à l'intérieur. Des raclements qui semblent provenir du haut de la pièce, des commentaires du genre *Je l'ai ! Passe-le moi. Qu'est-ce que c'est ? Attends. Tiens, attrape. C'est une boîte, on dirait*. Puis un silence.

La femme, la grande flic, dit :

- J'en étais sûre ! Regarde, un encrier et une plume à l'ancienne. Fais un essai, qu'on voie la couleur de l'encre.

- Elle est violette.

***

Le soir, il y a concert dans la courette. Tout le monde fonce chez Marie-Pierre. Gérard raconte la visite des policiers chez Alban, évidemment. Les autres sont stupéfaits. Clara n'a rien d'aussi important à révéler, bien sûr, mais elle a besoin de partager avec ses amis la réaction étrange de sa grand-mère.

- Si elle reconnaît le son du violon, c'est parce qu'Alban est venu dans sa chambre. Il n'y a pas d'autre explication. Il avait les clés de chez moi, je l'avais chargé de s'occuper d'elle. Il l'a certainement fait. Il lui a joué un morceau.

Cette information n'est pas prise à la légère par le groupe. On ne peut pas accompagner Clara auprès de la vieille dame, que la présence d'étrangers perturberait, on attendra dehors. Mais il faut absolument renouveler l'expérience, lui faire écouter de nouveau le vingt-quatrième *Caprice* de Paganini.

Clara s'exécute. Et la lueur revient dans les yeux morts. Comme la première fois, Mamie regarde sa petite-fille, semble ensuite découvrir la pièce où elle vit, puis ses yeux deviennent fixes. Et puis plus rien. La lueur a disparu.

Clara n'est pas sûre. Mais quand sa grand-mère a fixé son regard, ce n'était pas encore de cet œil terne qu'elle a tout le temps. Il y avait de la conscience, de la volonté. On aurait dit qu'elle voulait lui transmettre un message. Qu'est-ce qu'elle regardait, bon sang, avant de s'éteindre comme une lampe dont les piles arrivent en bout de course ?

Dans la direction du regard il n'y a que le placard où on range les affaires de l'aïeule. Les trois étagères du bas contiennent des vêtements, des couches, des produits de pharmacie. Clara et sa mère les utilisent souvent. Mais sur cellc du haut on a remisé des bagages à main dont plus personne ne se sert dcpuis longtemps. Fébrile, Clara monte sur une chaise et descend les vieilles valises. Elle fouille...

Il est là, dans un sac de voyage avachi. C'est bien le violon magique avec lequel Alban leur a fait son époustouflante démonstration. Il est là, avec son bois foncé, son étiquette abîmée, son vernis légèrement terni...

Quelle maîtrise ne faut-il pas à Clara pour retenir un hurlement de triomphe et prendre le temps de tout ranger avant de rejoindre ses amis et de s'enfermer avec eux chez Marie-Pierre pour inspecter sa formidable découverte. Pour s'aider à patienter, elle se jure que si cet instrument leur apporte la solution de l'énigme, elle fera de toute cette histoire le sujet de son premier roman.

Les amis du 23 savent déjà comment on peut cacher un secret dans un violon. Ce qu'ils parviennent à extraire de la caisse, cette fois, ce ne sont plus des clés. C'est un rouleau de papier, couvert de caractères écrits à l'encre violette.

***

Mes chers amis

Je dois vous demander pardon. Pardon pour toutes les mésaventures que vous avez vécues à cause de moi, de moi seul. Malgré tout, je crois encore que j'ai eu raison de faire ce que j'ai fait.

Ce n'est pas pour me justifier, mais il faut que je vous raconte tout depuis le début. Je vous dois bien ça.

Quand j'étais enfant, j'étais un objet incessant de moqueries. C'est pourquoi j'ai assez vite compris que Clara vivait la même misère. Mais Clara est jolie. Moi, je ne l'étais guère. J'habitais Marseille, à l'époque. À l'école, les autres se moquaient de mon grand corps déjà décharné, de mes doigts disproportionnés, de mon visage en lame de couteau, de mon élocution difficile. Les adultes n'étaient pas plus rassurants. L'air de pitié qu'ils affichaient en me voyant m'alarmait plus encore que les railleries de mes condisciples. Ma propre mère avait renoncé à me cacher que mon père l'avait quittée dès ma naissance à cause de cet avorton qui lui faisait honte et qu'il refusait de reconnaître. Comme je l'ai détesté, mon corps difforme !

Jusqu'au jour où je suis tombé à la bibliothèque de l'école sur une vieille brochure qui racontait l'histoire de Paganini. Ce génie avait utilisé les incommodités de son physique maladif pour devenir le meilleur violoniste de tous les temps. Qui plus est, ce diable d'homme était un tombeur de femmes. Son succès auprès d'elles était proportionnel à la terreur qu'il inspirait et qu'il cultivait soigneusement en faisant courir lui-même le bruit qu'il était le prince des ténèbres.

Je n'avais plus qu'un désir, ressembler à ce grand virtuose. J'ai tanné ma mère pour qu'elle me fasse prendre des cours de violon. J'avais treize ans, le professeur a dit qu'en commençant si tard, j'avais peu de chances de devenir un grand concertiste. Je me suis juré de le faire mentir, j'ai travaillé d'arrache-pied. Toutes mes heures de libres, je les passais sur mon instrument. Et j'ai assez vite grimpé les échelons. J'ai obtenu des prix, j'ai été embauché au Philharmonique de Marseille. Mais moi, je visais une carrière internationale comme soliste, alors je continuais à travailler comme un fou.

Le succès auprès des dames ne venait pas, hélas. J'avais fait faire un bilan de santé et on m'avait découvert le syndrome de Marfan, ce même mal héréditaire dont souffrait Paganini. J'ai un peu perdu les pédales. Étant né de père inconnu, je me suis mis dans la tête que j'avais un lien de parenté avec le grand violoniste, que j'avais reçu de lui en héritage la maladie, mais aussi un don exceptionnel pour le violon.

Alors j'ai marché sur ses traces, je suis venu habiter à Nice, je me suis fait embaucher à l'Orchestre Philharmonique. Un jour, un studio s'est libéré au 23 rue de la Préfecture, là où mon idole avait vécu. J'y ai vu un signe du destin. J'ai sauté sur l'occasion. Je me suis figuré que je m'installais chez lui, chez mon grand aïeul. Je me suis acheté un costume de scène identique au sien. J'étais lui. J'y ai cru longtemps.

Seulement, on tardait à reconnaître mon génie. Le succès n'est pas venu. J'ai pu gagner ma vie grâce à mon art, ce qui n'est pas donné à tout le monde, mais je ne me suis jamais consolé de ne pas avoir la carrière exceptionnelle de mon illustre ancêtre putatif, ni ses talents de compositeur. J'ai aujourd'hui cinquante-cinq ans, la maladie fait de moi le vieillard précoce que vous connaissez. Je parle de plus en plus difficilement, mon médecin a décelé des problèmes cardiaques inhérents au syndrome de Marfan et qui me condamnent à court terme. Surtout, j'ai cessé de croire à la belle histoire que je me racontais depuis quarante ans. Je n'ai rien à voir avec la famille Paganini. Je ne suis qu'un honnête instrumentiste, à qui la génétique a joué un tour de cochon et qui a fait sa carrière dans un orchestre de province.

Quand j'ai compris que j'allais mourir bientôt, que je ne laisserais ni enfants, ni postérité musicale, j'ai voulu donner un sens à tout cela avant de partir, faire une ultime tentative pour être utile dans cette vie. J'ai cherché autour de moi qui je pouvais bien aider. C'est tombé sur vous.

J'ai expliqué plus haut que j'avais très vite percé à jour tes problèmes, Clara. Je te voyais parfois te pencher dangereusement à la fenêtre de la courette et je savais par expérience quelles pensées te traversaient l'esprit. Toi, Joël, je t'ai croisé plusieurs fois dans les églises du vieux Nice, perdu dans la contemplation des œuvres d'art, et je me doutais que ton travail de maçon ne pouvait satisfaire entièrement ton attirance pour le beau. Je voyais aussi que ta sœur sortait beaucoup et que tu gardais Tobias plus souvent qu'à ton tour. Toi, Marie-Pierre, j'ai compris le jour où je t'ai croisée dans l'entrée environnée de cette noble odeur de truffe qui te va si bien, le parfum de la grande cuisine que tu te faisais livrer pour toi toute seule. J'ai lu sur ton visage tout l'appétit du monde et toute la frustration. Mon cher Gérard, j'ai aujourd'hui une pensée particulière pour toi, tu es celui que je connais le mieux. J'étais présent aux obsèques de ton épouse, j'ai vu tes enfants passer comme des météores, j'ai d'autant mieux compris ton immense solitude que je la partageais.

Alors, j'ai décidé d'illuminer vos vies, d'y faire entrer l'aventure, le romanesque, et surtout l'émotion. Une vie sans joies, sans chagrins, sans espoirs, sans déceptions, ne vaut pas la peine d'être vécue. J'allais vous en donner, de l'adrénaline, et ce grâce à l'histoire fabuleuse de celui qui restait mon maître faute d'être mon aïeul. J'ai écrit les messages. Je les ai adaptés au mieux à vos personnalités, puisque je connaissais vos passions. Celle de Clara était inscrite sur sa tenue vestimentaire, celle de Gérard m'était connue par nos conversations musicales, j'ai expliqué comment j'ai deviné celles de Joël et de Marie-Pierre.

Tout a parfaitement fonctionné. Avec quel plaisir vous ai-je vu vous transformer sous l'effet de l'excitation liée à nos recherches, et surtout de ces liens qui se sont tissés entre nous ! Vous m'avez sans cesse étonné. Quelle créativité ! Paganini mort empoisonné à l'herbe du diable, ses restes dissimulés dans les chemins du Mercantour, un de ses descendants qui nous aurait choisis pour une mission de confiance, votre imagination n'avait pas de bornes... J'ai été heureux pendant cette période. J'ai la faiblesse de croire que vous aussi. J'espère que, quand je ne serai plus là, vous conserverez cette amitié qui vous unit et que vous vous souviendrez de moi.

Moi aussi j'y suis allé de ma petite hypothèse romanesque, que je ne vous ai pas communiquée : Niccolò, ce manipulateur de génie, n'aurait-il pas mis en scène sa propre mort ? Avec la complicité du comte de Cessole, n'aurait-il pas fait croire à une atteinte de choléra pour pouvoir échapper aux bigots qui le prenaient vraiment pour Satan et qui voulaient sa mort ? Tandis que le corps d'un pauvre hère victime de l'épidémie était transporté à droite à gauche sous le nom de Paganini, n'était-il pas en train de mener la *dolce vita* à Naples au bras d'une belle cantatrice amoureuse ? Cette hypothèse m'a suggéré un plan... diabolique !

Quand le médecin m'a annoncé que je n'en avais plus que pour quelques mois, j'ai eu beaucoup de mal à admettre que j'allais devoir vous quitter. Alors j'ai décidé de vous faire un dernier cadeau avant de partir. Clara m'en a donné l'occasion avec cette histoire de moulin à huile. Elle m'a parlé de Baudelaire, de ses accointances avec l'enfer. Elle était tellement sûre d'avoir trouvé la solution ! Je savais que ces ruines arrivaient en dernier sur sa liste, elle gardait le meilleur pour la fin.

J'ai joué cette comédie de la mort pour lui faire croire qu'elle avait retrouvé le cadavre du maître. Quelle émotion, n'est-ce pas, Clara ? C'est la chanson de Boris Vian qui m'a donné l'idée de faire disparaître ce second cadavre. Vous vous souvenez ? Après celui de l'antiquaire, celui d'Arthur s'évapore. Après celui de Paganini, ce serait le mien. Ce n'était peut-être pas de très bon goût, mais avouez que vous avez tous passé une soirée bien excitante.

J'ai gardé le trousseau de clés de Clara. Quand j'étais passé voir sa grand-mère, comme elle me l'avait demandé, j'avais mon violon avec moi et je lui avais joué un petit morceau. Du Paganini, bien sûr ! J'avais cru voir une lueur danser dans ses yeux. Pendant les mois qui ont suivi, pendant lesquels mon cadavre était censé avoir disparu, je vous ai épiés pour ne jamais vous rencontrer. Connaissant les emplois du temps de chacun, je n'ai pas eu trop de mal à vous éviter. J'avais fait des provisions. Je restais chez moi pour ne croiser aucun autre voisin, je faisais le moins de bruit possible. Quand je savais qu'elle était seule et qu'il n'y avait personne dans l'immeuble, je revenais voir ta grand-mère, Clara, pour lui jouer une petite sérénade. Je suis passé presque tous les jours. Elle réagissait à chaque fois un peu plus. Les pouvoirs de la musique sont infinis.

Quand j'aurai fini d'écrire cette lettre, je la glisserai dans mon violon des grands jours et je le déposerai où vous savez. Ensuite, je cacherai les clés chez moi, dans mon outil de travail, pour ajouter au mystère. Si c'est la police qui le découvre dans mon faux plafond, elle sera obligée d'en informer Clara, à cause des clés. Si c'est vous, ce sera encore mieux. Dans les deux cas, j'ai confiance en vos talents d'enquêteurs, ces indices vous aideront à trouver ma lettre.

Maintenant, c'est ma véritable mort que je vais mettre en scène. Ce sera mon chef d'œuvre. J'y perdrai mon âme, je le sais, mais je compte sur les prières de Gérard pour m'obtenir au moins le purgatoire.

Il ne sera pas très difficile de me faire enfermer dans le moulin Alziari en me mêlant à des touristes. Le jour où nous sommes allés à la vallée des Merveilles, j'ai cueilli de la belladone. Il n'y avait pas encore de baies à la fin du mois de juin mais, vu l'état de mon cœur, les feuilles et les fleurs suffiront. Le bouquet est un peu sec, mais il me tiendra compagnie au fond de l'enfer. Je l'avalerai en pensant à toi, Marie-Pierre. Nos recherches communes sur les poisons sont de doux souvenirs que j'emporterai avec moi. En attendant l'heure, je trouverai un coin protégé pour m'y allonger sans bouger afin de ne pas déclencher l'alarme. Mâchouiller de la belladone ne devrait pas créer beaucoup d'agitation.

Je ris en pensant aux questions que vont se poser les policiers : qui a accompagné Mazzoli dans ce moulin ? Comment l'assassin a-t-il fait pour neutraliser l'alarme et pour sortir sans avoir les clés ? J'ai ajouté à leur intention un passage de *Mefistofele* sur la partition de Paganini que je vous ai jouée, et je la mettrai dans ma poche, pour leur donner quelques fils à retordre.

Mais toute cette comédie ne leur est pas destinée. C'est à vous qu'elle est dédiée, mes amis. J'espère apporter ainsi une dernière dose d'émotion dans vos vies. Je me réjouis en imaginant votre réaction quand vous apprendrez que je suis mort de la même façon que notre Niccolò. Du moins selon la fin que vos esprits romanesques lui ont inventée, un empoisonnement à l'herbe au diable. Je sais que vous finirez par découvrir mes deux violons, et en particulier celui-ci, qui contient la clé de l'énigme. Cherchez encore dans le placard de la grand-mère. Vous y trouverez un autre message destiné à la police. Je ne tiens pas à ce qu'un innocent soit accusé injustement de m'avoir tué.

Cette lettre que vous êtes en train de lire, gardez-la pour vous. Gardez aussi le violon. Ce n'est pas un stradivarius et il n'est pas très ancien mais il a de la valeur. Il sort de l'atelier de Gadda, ce n'est pas n'importe quel luthier. Un des maîtres que j'ai eu quand j'étais jeune et qui croyait en moi, à tort, me l'a donné avant de mourir. Je vous le lègue à mon tour. N'en dites rien à personne. Vendez-le. Partagez-vous l'argent et utilisez cette somme pour commencer à réaliser vos rêves.

Adieu les amis. J'espère réussir ma mort, n'ayant pas vraiment réussi ma vie. Alors ne me condamnez pas à l'échec encore une fois : ayez confiance en vous et soyez heureux.

Votre Alban

Épilogue

Oh la la ! Quelle journée !

D'abord, une matinée à vous saper le moral d'entrée. J'en ai vu, dans mon métier, et je n'ai pas fini d'en voir. Mais là, juste après la première pause-café, les quatre hurluberlus qui déboulent avec une lettre de trois lignes, illisible à force d'être arrosée de larmes, et qui, deux heures après, sont encore là dans mon bureau à vider les deux boîtes de kleenex que je garde en réserve, c'est trop !

Pour déchiffrer le papier détrempé, j'ai dû faire appel à la Scientifique, c'est dire. Par chance, le service m'a donné la réponse tout de suite : le musicien a signé son suicide. Ce n'est pas une surprise, j'avais déjà rédigé mon rapport en ce sens. J'ajouterai la pièce au dossier quand elle aura séché.

Je ne comprends toujours pas vraiment les motivations de ce type, les lettres à l'encre violette, son trip avec Paganini et le reste, tout ça pour finir par s'empoisonner dans un moulin à huile. Mais je suppose que ça a rapport avec une tendance au romanesque et à l'irrationalité qui ne rime pas bien avec Serfati. Chacun a ses limites. Je dois malgré tout reconnaître que ce suicide a plus de panache que celui des petits vieux à la poudre-vaisselle. Plus propre surtout.

Ce n'était que le début. Le deuxième temps fort de la journée, c'est Gustave et sa crise de la trentaine. Encore une lettre, mais de démission cette fois. Il me la donne pour que je corrige les fautes d'orthographe, et il y en a pas mal, sans se rendre compte de la peine qu'il me fait. Et il croit utile de commenter. Tu comprends, Audrey, je me suis trompé de voie, je déteste ce boulot de flic où on ne côtoie que la laideur du monde. D'ailleurs aujourd'hui personne ne passe toute sa vie à faire le même métier. Je veux travailler dans le milieu artistique, me tremper tous les jours dans l'océan du beau (sic). Trop tard pour la danse, mais je compte faire une formation d'ingénieur du son. Mon rêve ? Décrocher un jour une embauche à l'Opéra. Et gnagnagna. Bref, il s'en va, là tout de suite. Je perds mon meilleur collaborateur. La musique m'aura tout volé !

Juste après, ma mère m'appelle, même pas sur mon portable. Elle passe par le standard du commissariat pour me dire qu'elle vient de plaquer son Jules et qu'elle rentre à Nice. Elle veut que je la loge, le temps qu'elle trouve un appart à louer. Son enthousiasme quand elle m'apprend que son ancienne chorale à Nice, les *Agités du Bémol*, est toujours en activité ! Ça me fait froid dans le dos.

Et le pompon du pompon, ce soir, ce sont les bruits de couloir sur le nouvel Hôtel des Polices de la ville. Le maire a confirmé un projet qui couve depuis longtemps mais qui vient de recevoir l'appui du plus haut sommet de l'État : tous les services de la police municipale et nationale vont être regroupés dans les locaux de l'ancien hôpital Saint-Roch, en plein centre-ville. Les collègues ont l'air ravis de quitter la caserne Auvare mais pour moi, c'est la cata. Toute la famille s'est bien habituée au quartier et personne ne voudra plus déménager. Pour aller au travail, il faudra que je prenne le bus ou le tram. J'aime encore mieux la bagnole, c'est tout dire. Ce n'est pas pour tout de suite, mais quand même !

Alors ce soir, moi aussi je prends une grande décision. Non, non, je n'envisage pas de changer de boulot, malgré l'hostilité croissante d'un public ingrat et inconscient. J'aime trop relever des indices, mener des interrogatoires, remonter dans le temps pour résoudre des énigmes, reconstituer l'histoire des gens pas après pas, maille après maille...

Ce que j'ai décidé, c'est d'apprendre à tricoter pour de bon. Je vais y consacrer tous mes loisirs. On trouve toutes sortes de sites avec des tutos sur Internet. Il y en a un qui me tente bien. *Joueuse de Pelotes*, qu'il s'appelle. Je vais m'y mettre.

Remerciements

❊ Merci à Robert pour la visite guidée du moulin.

❊ Merci à Stéphane et Alessandro, chanteurs lyriques, professionnels émérites, pour leurs précieux conseils musicaux.

❊ Merci à la Maison de l'Environnement pour son accueil chaleureux et pour la visite de la chapelle.

❊ Merci à Anne, Delphine et Robert, mes fidèles relecteurs.

❊ Une pensée pour Catherine.

❊ L'éditeur remercie Henri Limousin pour sa photo de couverture

collection polars niçois

le polar selon la Maison d'édition Baie des Anges

www.baiedesanges-editions.com

Titres disponibles par ordre chronologique

Morte-saison sur la Jetée-Promenade de Carine Marret
Qui donc est l'homme dont le corps vient d'être retrouvé parmi les vestiges du Casino de la Jetée-Promenade de Nice après un séjour de trois semaines dans la mer Méditerranée ?

Nice Mafia Song
Geneviève Roussel
Dans cette aventure qui la mène du Platier d'Oye, la France d'en Haut, à la Grande Bleue, la France d'en Bas, en passant, malgré elle, par la France du Milieu, la mafia. 104 pages

L'Agonie du jour
Carine Marret
Dans le mois d'août finissant, deux hommes armés font irruption au musée des Beaux-Arts de Nice et s'emparent d'un tableau de Gustav-Adolf Mossa. Ils s'enfuient aussi avec un otage, dont le corps sans vie sera bientôt retrouvé. 200 pages

Samba niçoise - Jean Emelina
Début des années 80, Jojo Coolos, a toujours rêvé de Brésil. Un jour à l'aéroport une super-nana lui demande de lui garder deux minutes ses bagages. Elle ne reviendra pas les chercher… Ainsi démarre, à fond la caisse, la vie de Jojo Coolos. La vraie.

L'orgueil du diable-Brigitte Rico
C'est au cœur du Vieux-Nice qu'un tueur en série met en place, jour après jour, une exposition d'oeuvres d'art tranchées dans le vif !

Alerte à Coco Beach
Jean Emelina
Nous sommes en 2006. Promu commissaire divisionnaire, René Malaspina a du vague à l'âme. Seules consolations : son ami, le capitaine Bellini, et la plage de Coco Beach. Et voilà que par un bel après-midi de septembre, il remarque sur les rochers une splendide brune digne du Crazy Horse qui se dore au soleil.

Les éditions dangereuses
Michel Seyrat
Jean-Bernard Brisseau-Brévent veut faire passer l'édition de l'artisanat à l'industrie. Mais sa chaîne de librairies LECTURE suscite des convoitises menaçantes. Larry Dammer, auteur de polars, prend de gros risques pour débusquer les requins.

Cyanure à Valrose Jean Emelina
Un prestigieux professeur de l'Université de Nice-Sophia Antipolis vient d'être trouvé raide mort dans son bureau de Valrose. Le commissaire Bellini va être chargé de cette ténébreuse enquête.

Mort-flash à Nice Ouest
Luminet & Sackur
Un corps défiguré est découvert dans le laboratoire de chimie du lycée de l'Ouest. C'est le commandant Régis Fontan, qui est chargé de l'enquête. Pour résoudre l'énigme, il devra se lancer dans un audacieux périple.

Ouragans sur la Côte, de Nice à St-Trop' - Jean Emelina

Voici l'histoire de Clotilde Soleilhavoup. Elle est moche, bigote, mais cuisinière hors de pair. Elle a découvert la Côte d'Azur et Saint-Tropez. Cet été-là, qui pouvait prévoir que des menaces terroristes pesaient sur l'illustre cité.

Le Carnaval des loups

Brigitte Rico/Georges Rocco

Comme tous les ans, le Carnaval de Nice bat son plein. Au milieu de la liesse qui s'empare des nuits niçoises, un homme, avec un masque de loup, en profite pour attirer des femmes dans ses griffes

Assises à Nice

Michel Tourscher

Jour de procès presque ordinaire à Nice où la Cour d'assises s'apprête à juger le meurtrier de deux jeunes femmes. A l'heure du procès, Lavilla regrette déjà les 5 jours d'audience prévus.

Les démons de la Baie des Anges

Luminet & Sackur

Dans cette intrigue construite comme un puzzle, le lecteur aura toujours une longueur d'avance sur l'enquêteur. Au moins pourra-t-il en apprendre davantage sur la personnalité sarcastique et ombrageuse de ce policier philosophe, tourmenté par le doute.

Mystère à Isola 2000-Jean Emelina

Qui a tué sur le télésiège de la Lombarde Abigaïl Shining, milliardaire américaine et ex-star du porno ? Le célèbre commissaire Bellini va être mis à rude épreuve, d'autant que ce chaud lapin, va tomber raide amoureux d'une pharmacienne céleste

Casse-tête au carré-Michel Seyrat
Qui dépose des cadavres masqués sous la Tête Carrée de la bibliothèque Nucera de Nice ? Pour démasquer ce mystérieux tueur, le Commissaire Barbera et son équipe arpentent Nice et collines.

Nuits blanches au cap d'Antibes
Luminet & Sackur
Au cap d'Antibes, des personnages fantasques s'y promènent à la lueur du phare... Une employée de maison disparaît mystérieusement. On retrouve le corps d'une actrice dans sa villa. Les deux événements sont-ils liés ?

Béton fatal - Jacques Alessandra
Un sacré coco le commandant Attila Farkas de la police judiciaire niçoise. Fin gourmet et grand amateur de courses hippiques, auto-proclamé Coco de Nice. Et ce n'est pas la découverte d'un vieil homme enterré dans du béton Place du Pin qui lui fera changer ses habitudes.

Chienne d'enquête en pays niçois !
Jean Emelina
Horreur ! Dans un quartier chic de Nice, le beau gazon du "Palais Basker" a été souillé par une crotte de chien. Peu après Roméo, l'adorable labrador d'une résidante anglaise, est retrouvé mourant sur le perron. Que s'est-il passé ?

Les diamants du palace
Michel Seyrat
Angèle de Ventabrun vit une retraite active. A l'issue d'une croisière, elle disparaît dans le port de Gènes. Ses amies lancent des recherches, l'équipe du commissaire Barbera s'active.

Azur à gogo(s)
Pierrette Mathiot
Depuis une Riviéra rutilante à un arrière pays austère, d'Antibes aux Préalpes d'Azur, les trajectoires de vie se télescopent en un roman policier fantaisiste, drôle, plutôt loufoque. Bref, il s'en passe de belles sous le ciel d'azur…

Sacré méli-mélo
Jacques Alessandra
Un prêtre en soutane, la canicule, un accident de train à la gare de Riquier, à partir de là tout s'enchaîne...

Un duel niçois
Luminet & Sackur
Un adolescent meurt brutalement. La jeune femme qui l'accompagnait reste introuvable. Un mystérieux symbole égyptien est découvert faisant écho à des crimes anciens. Un même serial killer sévirait-il à Nice depuis 20 ans ?

Parole d'honneur
Jacques Alessandra
À l'approche du soixantième anniversaire de l'indépendance algérienne, le djebel des mémoires s'embrase dans la région niçoise. Attila Farkas est sur tous les fronts.

L'inconnue du Paillon
Jean Emelina
Par un bel après-midi de septembre, le corps en décomposition d'une jeune femme est retrouvé dans le lit du Paillon. Meurtre ? Accident ? Suicide ? Aucun indice. Le jeune sous-brigadier Killian, va se lancer dans une enquête impossible.

collection polars niçois

le polar selon la Maison d'édition Baie Des Anges

www.baiedesanges-editions.c

L'enfer du décor

Isabelle Luminet

Collection Noir Méditerranée
N°25

Photo de couverture Henri Limousin

BDA N°198
Maison d'édition Baie des Anges
8 Chemin de la Lauvette - 06300 Nice
Imprimé en UE en mars 2023

Dépôt légal à parution

ISBN N°978-2-37640-088-2
ISSN N°2110-0470

Prix 9,50 €

Rejoignez-nous

Retrouvez-nous sur
baiedesanges-editions.com

baie DES ANGES
MAISON D'EDITION-COTE D'AZUR